Fan
ファン文庫

ダイブ！
波乗りリストランテ

著　山本賀代

マイナビ出版

CONTENTS

プロローグ

「いらっしゃいませ！」

　日曜の朝、Ｃａｆｅマルグリットの店内には、奥中友理恵《おくなかゆりえ》の明るい声がひびき渡る。祖母が遺した立派な洋館の佇《たたず》まいに似つかわしい、眉目秀麗《びもくしゅうれい》な女性だ。

　黒く長い髪を柔らかく纏《まと》め、ワンピースの裾がヒラリと靡《なび》く。落ち着いた物腰の中に、凛とした優しさがあり、育ちのよさと満ち足りた充実感が、満面の笑みからあふれ出てくるようだ。

「本日のブランチの前菜は、グリル野菜のマリネと白身魚のセビーチェ、そして紫キャベツのピクルスです」

「とっても綺麗！　うちの艦《フネ》の料理とは大違い。ここでの休日のブランチが、いまの私の心の拠り所なんだなあ。でも友理恵さん、セビーチェってなあに？」

　海上自衛隊の女性隊員、ウェーブとも呼ばれる池浦知美《いけうらともみ》は、友理恵が運んできた甘酸っぱい香りが漂うプレートをまじまじと見つめている。彼女は呉《くれ》地方隊に所属し、呉基地を母港とする護衛艦《ごえいかん》『しまなみ』の給養員《きゅうよういん》、いわゆる調理員なのだ。

　短いボブの黒髪に映えるような色白だ。常にエネルギッシュで、好奇心旺盛である。

「ペルーの名物料理なの。マリネと変わらないのだけど、ちょうど白身魚とトマトを使ってペルーの国旗みたいな色合いだねって、恵末《えみ》ちゃんがセビーチェとしたのよ」

知美と幼馴染であり、この店のスタッフでもある久保田《くぼた》恵末が、他の客人のプレートを片付けていた。

「恵末って昔からそういうセンスがいいのよ。こだわりとか個性が光ってたなあ」

「知美の艦でも出してみたら？　火を使わないから、結構手間も省けると思うよ」

ほんのりと茶色い髪の毛に、切れ長でシャープ、キリッとした瞳の恵末からは、意志の強さが感じられる。

旅行好きである恵末のセンスは、Ｃａｆｅマルグリットのメニューにも結構生かされているのだ。

「それから、グリーンサラダとほうれん草のポタージュ」

友理恵がテーブルにプレートを並べる。

「これも、可愛いーっ！」

濃淡が異なる緑色の野菜のみでつくられるサラダの上には、食用の黄色い花がひと房載せられており、ポタージュには生クリームとクルトンが浮かんでいた。ポタージュからは風味豊かなバターの香りが微かにする。

「ねえ、友理恵さん。今度ね、新しい調理員の人が転属してくるんだって」

「あら、楽しみじゃない！　男の人？　女の人？」

知美は口を尖らせながら、「男」と答えた。

「結構調理員って女の子もいるんだけどなあ。三曹《そう》の人で、年上」

「へえ、どんな人？」

フロアの食器を運び、知美が座るカウンター前のキッチンに戻ってきた恵未が会話に加わった。

「この前、職場に挨拶に来たんだけど、普通の好青年って感じの人。まあ、うちには大熊《おおくま》さんっていうラスボスみたいな調理員長がいるからさあ。前の人みたいに辞めちゃわないといいんだけど」

「ああ、大熊大魔神ね」

「そうそう」

「大魔神も神様なんだから、崇《あが》め奉《たてまつ》れば奇跡が起きるかもよ？」

知美はまた口を尖らせた。

「はい！　本日のホットエッグサンド！　そして、アイスカフェオレ！」

コンと音を立てて、友理恵がお皿とグラスをカウンターテーブルに置いた。トーストの表面がこんがりと焼けた香ばしい香りが漂ってくると、途端《とたん》に知美の表情がパッと明るくなる。

「もうこれ最高！　なんかさ、うちの艦の食事って、いまいちパッとしないんだなあ」

「パッとしないって？」

食器を食洗機に入れながら、恵未が問う。

「私と野々宮《ののみや》先輩がつくるものはお互い味見をするんだけど、大熊さんのは味見しないんだよね。それがどうもパッとしないの」

「味付けが薄いとか？」

友理恵はカウンター越しに身を乗り出した。

「薄いときも濃いときもあるし、しょっぱいときもあって。野々宮先輩のはちょっと甘ったるい傾向があるんだけど、大熊さんのは味がバラバラ。特に大熊さんが大きい釜でつくったメニューは不評なんだ。出港したら食べ物とお風呂だけが楽しみみたいなもんだから、停泊中より気を遣わないといけないいんだけど」

出港とは、乗船する護衛艦などが文字どおり港を出て、海上任務に就くことだ。その任務はさまざまで、期間も数日間から長ければ数か月に及ぶことも少なくない。

娯楽が制限される出港中に、まずい飯を出そうもんなら乗員たちの不満が爆発することだってあり得る。

「ひとり一品をつくるって感じなの？」

「野菜の切り込み隊とか、焼きもの隊、揚げもの隊とか、分担するんだけど、味付けは大熊さんが牛耳ってるって感じ。サラダとか脇役的なのは私も味付けするようになったんだけど」

「そうなの。知美ちゃんも大変ね。でも、新しい人が入ってくるんだったら、それをきっかけになにか変わるかもよ？」

知美は納得行かない顔をしている。

「なにか変わるといいな」

「知美ちゃん自身、なにか変わるきっかけになるかも。蝶々みたいに」

「蝶々？」

「うん。卵から孵《かえ》るとイモムシになって蛹《さなぎ》になって、やがて蝶になる。成長って、蝶々みたいに変わり続けることなのかも。そして、雨が降ったり、風が吹いたり、そういう刺激が進化する礎《いしずえ》になるんじゃない？」

「前の調理員の人みたいに、転属してきた途端辞めちゃったりしないかな……そうなったら、また人手足りなくなるし……。それでなくても、いまもいっぱいいっぱい――」

「大丈夫」

友理恵がキッチンから下りてきた。

「流した汗はいつかいろんな形で報われる日が来るんだから。まあ、新しく転属してくる人がいるわけだし、いまの変化を十分楽しんで情熱を注げば、とても尊い経験になるわ。知美ちゃんが悩んで、考えて、骨を折る姿、ちゃんと見ている人はいるからね」

「そうだよ。大魔神っていう神様が見てるんだよ」

「恵末――っ！」

そうちゃかす恵末をひと睨《にら》みすると、知美は両手でつまんだホットサンドにかぶりついた。

第一波　護衛艦『しまなみ』

「今日から新天地か」

そう言いながら、中願寺利信《ちゅうがんじとしのぶ》はショルダーバッグを肩に掛けた。アパートの階段を足早に下り、踊り場から空を見渡すと、晴れ渡った青空が広がっている。

かれこれ五年ほど乗り続けている年季の入った自転車に跨《また》がると、錆が回ったせいでサドルが鈍い音を立てた。

短く切られた黒髪には、清潔感と責任感の強さが表れている。やや日に焼けた肌は逞《たく》ましく、腕には筋肉が流れるように浮き出ていた。

利信はいつもよりも十五分ほど早く出て、いつもと同じ道のりを、同じ速度で漕いで行く。

いつもとちがうのは、足下の新品のスニーカーだ。ほかに新調したものはなにもないが、靴だけは新しい物に買い換えた。

眩《まぶ》しい夏の日の強烈な光線が瞳に差し込むと、切れ長の目元が引き締まる。めがね橋の交差点は赤信号のままで、利信は自転車から片足を下ろすと、上体を反らし、めいっぱい伸びをした。胸いっぱいに空気を吸い込むと、初夏を思わせる強い日差しに包まれる。

「おーい、トッチーがんばれよー」

前の艇《フネ》で世話になった先輩の川原健太郎《かわはらけんたろう》が、偶然に利信を見かけ声を掛けた。車のウィンドウを開けたまま、利信へ手を振る。

「川原さーん！」

利信も先輩に手を振るが、あっという間に車は見えなくなった。

信号が青に変わり、再びペダルを漕ぎはじめると、徐々に呉基地の正門が近づいてくる。途端に、利信の胸の辺りがソワソワとしはじめた。

正門で身分証を見せると、自転車置き場に向かう。今日からは『しまなみ』と立て札のある区画へ自転車を止めるのだ。

辺りを見回し、同じ艦に乗る乗員がいないか確認すると、ゴミ捨て場を抜け、桟橋の上を進んで行く。

胸の高鳴りを抑えきれずに、利信は『しまなみ』が停泊している船着き場《バース》へと向かった。一歩近づくたびに、艦がひと回りずつむくむくと大きくなり、自分の背丈が縮んでしまった気がした。

これまで利信は、掃海艇《そうかいてい》という船の乗員であった。海中に遺された機雷等を除去する船で、定員も四〜五十人ほどと少ない。その掃海艇からこの護衛艦『しまなみ』に転属してきた利信は、岸壁に停泊している艦のでかさに再度驚いた。

艦の出入り口である舷門《げんもん》の数歩手前で、利信は足を止めた。

「やっぱＤＤになると大きいな」

護衛艦の中でも、DDといわれる汎用《はんよう》護衛艦の『しまなみ』は、空からの敵や海からの敵に対抗するための平均的な戦闘能力を備えている。

さきほど桟橋から『しまなみ』を見上げたときは、以前に乗船していた掃海艇の四～五倍ほどあるように思えた。

船首には速射砲《そくしゃほう》が臍《へそ》のように飛び出ており、端から端まで視線を走らせると、運動会のかけっこくらいはできそうだ。

舷門へ近寄ると、まだ顔も名前も覚えていない隊員が立っている。

「今日から『しまなみ』の四分隊《ぶんたい》の補給科に配属になりました、中願寺利信です」

海上自衛隊の艦艇勤務の場合、「分隊」と呼ばれる区分けがあり、それぞれ担当する仕事が異なる。四分隊は金銭や食事、健康管理に関わる仕事がメインで、利信はその中の補給科の給養員として艦の中で三食の調理を担っている。もともと調理員を志望して入隊したこともあり、この四分隊に配属されたのだ。

舷門に入ると掲示された上陸札《じょうりくふだ》を取り、ラッタルと呼ばれる垂直梯子を登っていく。とくになにも変わったことは起きずに舷門を抜け、いくつものラッタルを上ったり、下りたりした。

同じ基地内とはいえ、転属し、艦が変わった初日ということもあり、作業服にはいつも以上に気を遣った。解《ほつ》れた部分はないかたしかめ、わざわざアイロンまで掛けた。

ロッカーでスニーカーから作業用の安全靴に履き替え、鏡の前で襟元を確認すると、自然と背筋が伸びる。

辞令が出された際にも挨拶程度には来たのだが、調理室までの道順を覚えるだけで精一杯だった。今も何番目の廊下を左右どちらに曲がるのか、いつもと勝手がちがうせいで、どうも身動きがノロノロとおぼつかないでいる。

何度か間違えながら調理室へ入ると、ひとつの人影が見え、利信に向かって会釈をした。

「あ、おはようございます」

髪は短く、化粧も薄いが、利信よりもふた回り小柄な女性隊員である。胸元には池浦と書かれており、赤糸の海士長《かいしちょう》の階級章が付いている。自衛官には全部で十六の階級があるが、海士長は下位から三つ目で、三曹である利信の一つ下の階層になる。

利信は、この女性隊員と一度挨拶を交わしており、たしか自分よりひとつ若かったのを思い出した。

「おはようございます。今日から、『しまなみ』に配属になりました、中願寺です。よろしくお願い致します」

新しい職場ということもあり、利信は先輩面してタメ口を使うのは気が引けた。

「あ、池浦知美です。私に敬語とか使わなくていいですよ」

知美はチラリと利信の名札を見る。引き締まった表情で口角をめいっぱいあげ、ニカっと笑う顔は、調理員の中で紅一点、キラリと輝いて見える。

「トッチでいいよ、中願寺さん、って呼ばれることほとんどないから」

「トッチって、めちゃくちゃ可愛いですね！　トッチさんかー！」

「うん。小さい頃からじいちゃんが俺のことそう呼んでて、前の調理員長からもそう呼ばれてたからさ。知美さんは、その――なんて呼ばれてるの？」

「知美！　ですね」

知美は太くて低い野獣のような声で、自分の名を呼んだ。

「あ、いまのは、大熊さんの真似ですよ。あ――」

知美は利信の後ろ側へ視線をやり、目を大きく開けた。

「調理員長の？」

「えっと――」

「呼んだか？」

背後から、地響きのような振動が、微かに足下から伝わってくる。

利信はハッとして後ろを振り返った。身長が一九〇センチはあろうかと思うほどの巨漢である、調理員長の大熊猛広《たけひろ》だ。腕が利信の太ももくらいはありそうだ。たしか四十歳をいくつか過ぎたくらいと利信は聞かされていたが、彼が醸し出す重厚感が、彼の年かさを増して見せている。

「おはようございます！」

知美は顎《あご》を引き、背筋をピンと伸ばして直立不動であるのを見て、無意識のうちに利信も唇を引き締める。

「おはようございます！　今日から『しまなみ』に配属になりました、中願寺利信です！」

知美がでかい声で挨拶をしたせいで、利信も同じように声を張り上げた。

「ふーん」

利信の身長は決して低い方ではないが、大熊との差は握り拳ふたつ分くらいある。大熊の威圧的な態度も相まって、利信の目は泳ぎ及び腰になる。

「今日からこの艦に来たんだってな。俺が、調理員長の大熊だ」

大熊は利信に握手を求めるように、右手を差し出した。毛むくじゃらで、肉厚の手は、まるで本物の熊が右前足を出しているようだった。

「よろしくな」

「よ、よろしくお願いします！」

利信は知美に劣らない声量で挨拶をすると、大熊はニヤニヤと口元を緩めている。

巨人に手をギリギリと握られると、利信の背筋が縮み上がり、余計に緊張感が高まった。

「中願寺は、なんて呼ばれているって？」

先ほどの知美との会話が、大熊には聞こえていたようだ。

「自分は、トッチと呼ばれていました」

「トッチ……だって」

そう言いながら、二曹の野々宮光流《ひかる》がクスリと笑いながら調理室に入ってきた。

大熊の横にいるせいだからなのか、笑い方が中性的に見える。海上自衛官とは思えぬほど色白で、ひ弱に見えた。利信よりはひとつ年上で二十九歳のはずだったが、線の細さが若くも見せている。

利信は苦笑いをして、少し俯《うつむ》き加減になる。

「ごめん、トッチ。俺は野々宮。よろしくな」

野々宮は少し長めの前髪を掻《か》き上げ、手を挙げた。カッコをつけているという感じではなく、何故か板についている。

「野々宮さん、よろしくお願いします」

利信はそう言うと、深々と頭を下げた。

少し前、上官に連れて来られたときは、挨拶くらいで終わってしまったので、改めて全分隊が集まる朝礼のような分隊整列で自己紹介させられることになっていた。艦の内部のこともまだよくわかっていないものだから、野々宮や知美に誘導されながら、利信は甲板《かんぱん》へと向かう。

ぎこちないまま甲板に整列し、自己紹介をした。続いて同日付けで転属となった、利信より一歳上で男性の小橋央理《こはしおうり》という幹部が、同じように挨拶をする。

二十九歳ということは、野々宮と同い年だ。しかしこんなにもちがうのかと、内心で驚いていた。

引き締まった表情は硬く、生真面目そうに下がった口角にインテリっぽさが現れていた。厳しく躾《しつ》けられた幹部という貫禄《かんろく》が漂っている。

点呼が終わると、すぐに甲板掃除がはじまった。潮風に晒《さら》されると、金属部分は曇りや黒ずみ、そして錆つきやすくなる。停泊中は、とくに念入りにメンテナンスを行うのだった。

金属用の研磨剤《けんまざい》を片手に、野々宮が利信に話しかけた。

「トッチ、掃海艇から転属になったんだろ？」

「はい」

利信は手を止めずに答えた。

「乗員、四～五十人くらいしかいなかったんだって？」

「……はい」

ひと言も話さず、黙々と真鍮《しんちゅう》を磨き続ける大熊を横目に、利信は小声で答えた。

「それくらいの飯の量ならたかが知れてるだろ。この艦、何人乗ってるか知ってるのか？」

「……百七十六名です」

大熊に叱られないように、様子を窺《うかが》っては小声で答える。

「お前入れると、百七十七人な。いい数字だな」

「……はい」

「掃海艇なら調理員もいいとこふたりくらいだったんだろ？　調理員は二倍だけど、つくる量は四倍だからな」

前の掃海艇の調理員は利信と川原のふたりだった。

皮肉めいた野々宮の言い草に気づかないように、利信はまた、「はい」と小声で答えた。

甲板掃除が終わると、大熊、野々宮、知美、そして利信の四人全員が調理室へと戻る。以前の掃海艇の調理室よりも広く、釜やシンク台などの調理器具は、ふた回り以上大きい。

壁に貼られた本日の調理予定表を見ると、カレーと印字されている。

海上自衛隊では、週休二日制の導入後、金曜にカレーを食べるようになった。港を出て、長い航海がはじまると、海上の景色が変わらないため、毎週金曜日にカレーを食べて、曜日感覚を取り戻す。そのため、毎週金曜は、どこの艦でも決まって昼はカレーなのだ。カレー以外のメニューは、山芋とレタスのサラダにチキンナゲット、マッシュポテト、そしてパパイヤとなっていた。

「とりあえず、トッチは米研《と》ぎからはじめろ。野々宮と知美は、切り込み隊な。一緒に保管庫まで行って、材料取ってこい」

「はい」

大熊からの指令を受け、野々宮と知美の後ろについて行き、貯糧品庫《ちょりょうひんこ》へと向かった。

扉を開け、電気をつけると、棚にはずらりと調味料や加工品、乾物が並んでいる。中に入ると、温度と湿度が管理されており、ひんやりとした冷気が利信の首を撫《な》でた。

「すごい量ですね」

利信は棚のどこになにがあるかを把握するために、貯糧品庫の中を見渡す。

「掃海艇とはちがうんだよ。ほら、これ持って行け。これ、一回分だからな」

「はい」

米研ぎ隊を命じられた利信は、野々宮に言われるがまま、貯糧品庫から二十五キロの米袋を抱え、調理室へと戻った。

米は炊き上がると二倍以上に膨れるとはいえ、百七十七人分となると、一回の食事で米を二十五キロは消費する。

男手といえど、さすがに重い。

「おおっと……」

利信は何度かバランスを崩しそうになりながらも、米袋を破らないように、大事に抱えたまま調理室へと戻り、背後に大熊の視線を感じながら手早く米を研ぎはじめた。

ぬかの匂いが米に浸透しないように、数回にわたって水を入れ替える。米粒にヒビが入ったり、欠けたりしないように、手早く手のひらを使って回し研ぎはじめる。これまでの四倍近くある米の山を、利信は丁寧にかき回した。

「ふう……」

ときおり、背中越しに大熊の視線を感じると、いっそう疲労感が増す。まるで、大熊に粗《あら》を探されているようだ。

米を炊くための蒸気釜は、人が丸くなって収まってしまうほどの大きさである。利信が、研いだ米を釜へ移そうかと、したときだった。

「ここからは俺がやる。お前は野菜の皮を剝《む》きはじめろ。野々宮と皮剝き隊な」

馬鹿でかいボウルも大熊が手にすると、まるで洗面器ほどに小さく見えた。川原仕込みの米の研ぎ方に、利信は自信があったのだが、大熊は米を手に掬《すく》うと、念入りに米粒を凝視している。

利信の研ぎ方が足りないのか、大熊は再度ボウルに水を注いだ。野々宮と知美もその様子を横目に見ている。利信は面目が立たず、なにも喋らずうつむき加減のまま、野菜を洗いはじめた。

利信の顔を見て、野々宮がフッと笑う。利信にとってはおもしろくなかった。利信は黙って、段ボールいっぱいのじゃがいもを洗う。

蛇口から流れ出る水の音だけが響いてくる。利信は、川原がいた以前の職場に戻りたくなった。

「あんま、気にすんなよ」

野々宮が利信のそばへ、足を運ぶ。

「――はい。わかりました」

利信はそう言うと、野々宮から視線を逸らし、黙々とじゃがいもやにんじんの皮を剝きはじめる。

「トッチ、なんで調理員を志望したんだ?」

「じいちゃんの兄貴が戦後に『お多福《たふく》』って食堂をやってたんです。うちは両親が共働きだったから、夏休みは呉のじいちゃんの家に預けられてて、いつもじいちゃんとそこでご飯食べてたんですよ。もう年だからって、十年くらい前に辞めちゃいましたけど。そのじいちゃんの兄貴は戦争中は海軍にいた人で、それでなんとなく、縁があるのかなって思って」

「そうか。それで、調理員って仕事を選んだんだな」

「へえ、トッチさんのおじいさんのお兄さん、食堂をやってらしたんですね」

「うん。野々宮さんは？」

「俺？　俺はもともとシェフとか、パティシエとかになりたかったんだ」

利信が皮を剥いたじゃがいもを、野々宮が手際よく自動カッターへと詰め込んでいく。

「そうなんですか。やっぱ、料理が好きじゃないと難しいですよね、この仕事。知美は？」

「私？　お姉ちゃんが空自《くうじ》だから、自衛隊に入ろうかな、って思って。調理員だとウェーブも多いし。もともと食べるのも大好きで、そんな感じです」

「知美は、こう見えて大食漢だからな」

「そうですか」

利信がそう答えたとき、ふと、背後に大熊の視線を感じた。すると野々宮と知美は、磁石の同極がお互いを跳ね返すようにサッと距離をつくる。利信はじゃがいも、にんじん、玉ねぎなど、カレーに使われる基本的な野菜を洗って、皮を剥く。

「おい、野々宮、切り込み隊をトッチと代わってこっち来い。お前らは、サラダの準備しろ。いいな?」

「はい!」

大熊に目をつけられないよう、受け答えする態度にはいつも以上に気を遣った。

「じゃあ、機械の使い方とかは、知美に聞いてくれ、な」

野々宮は知美の背後をすり抜けて、釜の前へ立った。

「野々宮さん、呼ばれましたけど、味付けは絶対任せて貰えないんですよ。大熊さんが、絶対的な権限者!」

「そうなの?」

「トッチさん、前の掃海艇では、味付け、任せて貰ってたんですか?」

「前のときは、俺も味付けしてたよ。最終的に味見して貰って、オーケーを貰う、って感じだったけど。なにせ、調理員はふたりしかいなかったから」

知美は大熊の方をチラリと見ると、背伸びをし、利信の耳元で囁《ささや》いた。

「私たち、大熊さんが味付けしたあとのやつ、味見させて貰えないんです……!」

「えっ、どういうこと?」

利信の声に、大熊が振り返ると、知美がシィーっと人差し指を立てた。

「たまにこっそり味見したりするんですけど——」

大熊が自動カッターで切られた野菜をボウルに移そうと近寄ると、知美は何事もなかったかのような顔をする。

巨大なボウルでサラダを仕上げる直前、利信が大熊に呼ばれた。

「おい。トッチ、そろそろチキンナゲットを揚げはじめろ。フライヤーの使い方はわかるな」

以前使っていたものとは多少スイッチの使い方が異なっていたが、知美に聞くとすぐに要領を掴《つか》んだ。チキンナゲットは以前の掃海艇でもよく食べられていた一品なので、いままでどおりに揚げていく。油が勢いよくパチンと跳ね上がるため、目を離すことができない。

大きく異なるのは、ひとつだけ。ナゲットの数だった。

それから利信は一時間近くもフライヤーの前に立ち、キツネ色になるよい頃合いを見計いながら、揚げ続けたのだった。

油槽《ゆそう》からは、蒸気に混じった油が舞い、顔がベタベタである。

十時半を過ぎた頃、蒸気釜から湯気がたちこめ、ご飯が炊き上がった。大熊が蓋を開け、炊き加減を確認すると、利信に配膳用のブルーの容器に移すように指示をした。

ご飯はふっくらと炊き上がり、大熊がひと手間加えたおかげかと思うと、利信は少しやるせない気持ちになる。

艦の中の食事は大皿から乗員たちがそれぞれ自分の分を取っていくセルフサービス方式で、野々宮と知美ができあがった料理を配食用のテーブルへと運び、利信も箸やスプーンなどをその上に置くのを手伝う。

とはいえ、人数分の食事を一度に並べるスペースも座席も足りないので、数回に分けて調理員たちが補充するのだった。

「よし、これでいいか」

一巡目の料理を並べ終えると、科員食堂には昼食を待ち望む乗員たちが集まってきた。トレーを手に列を成し、乗員たちが取り分けていく姿を見ると、知美は安堵の表情を浮かべる。

いったん調理室に戻ると、シンク台には使い終わった調理具が山となっている。利信は蛇口を捻り、スポンジを手にした。

「トッチ、料理の量が減ってきたら残りを釜から補充しながら、その辺のもの片付けといてくれる？」

「はい。わかりました」

そう言い残すと、額に汗を滲ませ、やや疲れた表情の野々宮は、大熊に連れられ、調理室をあとにした。調理室には利信と知美が残る。

「さあ、片付けはじめるか」

利信はそう言いながら、ポケットからタオルを取り出し額を拭くと、気合いを入れ直した。知美も散らばったザルやボウル、まな板を一か所に集めてきた。

「トッチさん、前の掃海艇の方が人数も少ないし、楽でした？」

「そうだな、つくる量は少ないし、洗い物も少ないし。でも、調理員はふたりしかいなくて、人手もなかったからなあ」

知美はテキパキと洗い物を進めて行くが、利信はいままでよりもでかくなった調理器具を相手に、慣れない手つきだ。

ときおり、顔や腕に洗剤を飛び散らせた。

「あ、そろそろ二巡目の料理を補充しないと――」

「俺行ってくるよ」

「トッチさん、前髪に洗剤が付いてる！」

情けなさそうに半笑いになる利信の顔を見ると、知美はアハハと笑った。

ついさっき並べた筈《はず》の食事は二割ほどしか残っていないのを見ると、利信は慌てて山芋サラダと白米を補充した。

利信が調理室へ戻ると、調理室の前でひとりのウェーブが中の様子を窺っていた。未だ山積みになっているシンク台の陰から、知美の姿がチラリチラリと見えるのだ。利信は調理室に入って知美をうながした。

「知美、先に飯行っておいでよ」

「まだこんなに残ってるのに？」

「友達、待ってるんだろう？　あと、残りの補充をして洗い物をするだけだから、行っておいでよ」

「ホントですか！　ありがとございます！」

知美は嬉しそうに調理室を飛び出していった。利信は知美に同情するわけではないが、男だらけの職場で人には言えない我慢もあるだろう。そんな環境でも明るく頑張っている知美を尊敬するし、その存在に救われる気がする。

調理室でひとり後片付けをしていると、利信の頭の中が整理されていく。大熊と他の調理員たちの間にはなにか見えない壁のようなものがあって、ときどきその壁の端から、威圧的な大熊が顔を出すようだ。そのたびに、調理室には嫌な空気が漂いはじめる。

利信は冷たい流水に両手をさらしながら、調理室のヒエラルキーを漠然と認識したのだった。

知美が昼休みに出かけてしばらく経つと、昼食の準備に荒れ狂った調理室にも静けさが戻ってきた。

夕食の予定表を確認しようとしたとき、昼飯を食べ終えた野々宮が戻ってきた。

「トッチ、すまん。お前、全部片付けたのかよ！」

隣に突っ立っている大熊は満足そうに、頷《うなず》いている。

「あ、いえ……全部じゃないんです。乗員の食べ終わったトレーは、全然手つかずで、食洗機にも入れてなくて……」

利信は片付けが終わっていないせいで、大熊に叱られるのが嫌なだけだった。乗員の腹を満たす神聖な食事をつくる調理室を、不穏な空気で汚したくないだけだったのだ。

「飯、行って来いよ」

大熊のそのひと言で、利信はようやく調理室から解放されることになった。

利信は、料理を取ってトレイに載せると、ひとり食堂の空いた席に腰を下ろした。乗員のほとんどは、すでに昼食を終えている。あの大熊のでかく太い声から解放され、安堵の息が漏れた。新しい環境に慣れていないいまはまだ、ひとりで昼食を摂る方が気分が落ち着いた。

利信は、初めて『しまなみ』のカレーと対面した。艦ごとに味が異なるカレーは、海上自衛官にとっての、ささやかな楽しみでもある。

利信もそんな楽しみを目の前にして期待に胸を躍らせていた。

「いただきます」

利信はじいちゃんに躾られたとおり手を合わせ、スプーンを手にした。同じカレーという料理ではあるのだが、『しまなみ』のカレーは以前いた掃海艇よりも、粘ばりが強く、ルウの色が濃い。

利信はカレーをひと口食べる。

「ん？」

利信の目の動きが一瞬止まる。川原と掃海艇で一緒につくったカレーの方が、よっぽどおいしかったのだ。

周りをぐるりと見渡すが、他の乗員は平然と食事をしている。

見た目も香りもどこにでもあるカレーとたいして変わりないのに、どうもおいしくない。

スパイスが効き過ぎているのかただ辛い感じがする。そして、コクや甘みが少なく、しょっぱさも際立つ。

カレーに疑わしい思いを抱きながら、ふた口目を口に運びかけたそのときだった。

「相変わらず、ウチのカレーってパッとしねえな」

利信の真後ろの席についた乗員たちのうちのひとりが、背を向けたままボソリと呟《つぶや》いた。

「こないだ、嫁がクレイトンベイホテルの海自《かいじ》カレーが食いたい、なんて言うから行ったけど、あっちの方が断然旨《うま》かったな」

やはり、この艦のカレーをまずいと思っているのは、利信だけではないらしい。食事の手を止め、利信の耳が、後ろの席の会話へ傾く。

「あなたは金曜になるとおいしいカレーが食べられていいわね、とか言われたけど、お前のつくったカレーの方が旨いって言ってやったよ」

「なんだよ、おノロケかよー。いまは停泊してるからいいものの、出港したときにこんなカレー出されたら、辞職モンだな」

利信は、気の進まぬまま、再びカレーを口に運んだ。味わった、というより、ただ空腹を満たすだけの食事で、利信の志気はたいしてあがることはなかった。

科員食堂から調理室に戻るときだった。通路に大熊と思《おぼ》しき厚い背中が見えた。利信の足は咄嗟《とっさ》に止まる。

そして反対側から通路を通り過ぎようとしたひとりの乗員の肩と、すれちがいざまに大熊のでかい肩がぶつかったのだ。はっきりとまで見てはいなかったものの、故意に大熊が仕掛けたようにも感じた。

しかし大熊は、まるで何事もなかったかのように通り過ぎて行ったのだ。

「おい、大熊。てめえ、どこに目ぇつけてんだ？」

利信はハッとして顔をあげ、大熊を睨みつけている乗員の顔を見ると、先ほど食堂の席で、真後ろに座っていたあの乗員だった。その言葉に振り返った大熊が、呆れたような顔で言い放った。

「はあ？　チンタラ歩いてんじゃねえよ。邪魔だろ」

「おい、てめえいま、なんて言った――」

「ボサッと歩いてるやつが、ごちゃごちゃうるせえんだよ」

「ああ？　なんだと？」

「大熊さん、ちょっと――」

利信は大熊の前に駆け寄って、怒りのボルテージを押し止めようと必死である。

「ろくにカレーもつくれねえやつが、調理員長なんてやってちゃ困るんだよ。なにをどう料理すりゃ、あそこまでまずくなるのか――」

乗員が薄ら笑いを浮かべ、悪態をつくと、熊の前足のような大熊の両手が、乗員の胸倉を掴みあげた。

「テメエ、表出ろコラあッ！」

利信は、大熊の売り言葉に反応した乗員の方へクルリと向き直った。そして、胸倉を掴んで離さない大熊の手首を握る。

「あの、すみません、大熊の手首を握る」


「あの、すみません、本当にすみませんでした。新入りの俺がミスったんです。すみません、次から頑張ります――」

他の乗員たちが、声を荒らげる大熊に気がつき集まってきた。食事がまずいというのは、調理員にも落ち度があるということだ。乗員の言い分もわからなくはない利信は、自分が非を認め事態を収束させるほうが賢明だと思っている。

「大熊さん、行きましょう……」

太い腕を強引に引っ張られた大熊は、利信の言葉が不本意なのか未だ乗員を食いつくように睨んでいる。それでも、利信は大熊の視線に気がつかないフリをして、大熊の腕を引いたままその場を去った。

そして通路を数歩進んだところで、大熊は掴まれた腕を思い切り振り払った。

「俺を庇《かば》おうとしてんのか知らんけどな！　出しゃばってんじゃねえぞ！」

大熊はそんな台詞を吐き捨てると、調理室へと姿を消した。すると、大熊の怒号を聞いた野々宮が入れ替わるように、慌てて通路へ飛び出してきたのだ。

「おい！　トッチ！」

野々宮の真横には、知美も立っていた。

「トッチさん、なにがあったんですか？」

「いや……、大熊さんが殴りかかりそうな勢いで――」

野々宮は調理室をチラリと覗くと、調理事務所に回るよう目配せをした。知美も、野々宮と一緒についてきて、音を立てないように事務所の扉を閉めた。

「びっくりしたよ！　大熊さんがああやって大声あげるのは、いつものことだけど……、またか、って思って見たら大熊さんの目の前にお前がいるんだから」

「トッチさん、あんまり大熊さんに深入りしない方がいいですよ。ホントにろくなことにならないんだから！」

知美はまるで懇願《こんがん》するように、利信の腕を掴む。そして、野々宮が続けた。

「大熊さんって、もともとああいう人なんだよ。それに、あの乗員と大熊さん、犬猿の仲なんだ。同期じゃないけど、たしか同い年だったんじゃないかな？」

「そうなんですね……。俺はただ、大事にならずに済めばそれでいいかなって思って……すいませんせん……」

利信は、大熊のことだけでなく、艦全体にも配慮してのつもりだった。これから出港を重ねると、外部との接触はなくなり、いまよりもいっそう抑圧された環境になる。滞りなく円満に事が運ぶように、利信なりに我慢と配慮をしたつもりだったのだ。

「いや、全然いいんだよ。でもお前が大熊さんの右フックでも喰らったら、って思ってな。痛いじゃねーか」

「野々宮さん、トッチさんには優しいね。あ。トッチさんと一緒に転属してきた幹部の小橋って人に知られたら、なんかヤバそう……。どうでもいい些細《ささい》なことでも問題にしそうな感じの人だし」

「とにかく、大熊さんのことはもう、ほっとけ、な？」

「はい、すいません……」

野々宮の助言に利信は申し訳なさそうに、頭を下げた。

「トッチさん、行きましょ」

「うん……ごめん」

知美が利信を連れて事務所を出た。野々宮は手を振り、それを送り出す。

「トッチさんの前任の人、大熊さんに殴りかかって大問題になったことがあるんです。私、その日家族が呉に来てたから、休み貰ってて、あとで知ったんですけど。野々宮さん庇いきれなくて。それで、その人自衛隊辞めちゃったんです。私たち、すっごく仲良かったから……きっと野々宮さん、まだ気にしてるんだろうなあ」

「そっか、俺もごめん」

「トッチさんが謝ることないですよー！　元はといえば大熊さんが悪いんですから。じゃあ私、トイレ行ってから戻りますんで」

あそこまで大熊が激昂《げっこう》するということは、『しまなみ』のカレーがまずいことに勘づいている筈だと、利信は思った。

転属してきた後釜《あとがま》が、味付けに口出しをするなんてことは生意気だ。補給科内の雰囲気をかき回すことなく、大態に従順でありさえすれば、波風を立てずに済む。

ただ、なにも言えずに傍観者のように佇んでいるのは、なにかちがう気がするのだが、かといってなにをどうすればいいのかも、いまの利信にはわからないままだった。


利信は、つまらない気持ちを抱えたまま、自転車を漕いだ。初夏を迎えたせいか、十九時を過ぎてもまだ太陽は沈みきってはいない。

じっとりした湿気が首の辺りにまとわりつき、蒸し暑い空気が利信の気分を滅入らせる。

小さな掃海艇から大きな護衛艦へ転属されたことで、自分の格が少しあがった気がしたのに、職場には仁王像のような大態がいる。

しかも、けっしてありがたい守護神ではなくて、虫の居所によっては荒れ狂うのだ。

威圧的な人間とうまくやっていくのはたやすいことではなく、利信にとっても大態は苦手なタイプなのだ。

「あー、とんでもないとこに来ちゃったなあ……」

利信は額に浮かんだ汗を拭った。

仕事が終わると、利信は決まって立ち寄るスーパーがあるのだが、今日はちがった。

基地を出て橋を渡り、ゆめタウンの前を横切ると、山手へ向かってしばらく自転車を漕いだ。

辺りはもう薄暗くなっているのだが、呉印章店と掲げられた看板はまだ煌々《こうこう》と光を放っているのが目に入った。

店の軒先には利信の祖父、じいちゃんの派手な自転車が止められているのが見えると、利信の気持ちは少し和らいだ。

じいちゃんは八十手前だが、未だに自転車に乗ると言って聞かないので、事故に遭わないよう、車からよく見えるようにと、利信の父の兄である伯父が蛍光テープを貼りたくったのだ。

ガラス張りの入り口からは、猫背のじいちゃんが見える。利信は、入り口のノブを引いた。

「ただいまー」

「おう！　トッチ、よう来た！　入りんさい！」

彫刻刀を片手に持ったじいちゃんが、カウンターの奥から顔をあげた。老眼鏡を掛けているものだから、目が異様に大きく見える。

店の大きさは、十畳ほどしかない。つくる物は判子だし、つくる人はじいちゃんだけである。広々とした店舗など、そもそも必要ないのだ。

じいちゃんは、実印や認印、社印などを彫刻刀を使い手で彫《ほ》る。印相学《いんそうがく》に則ってじいちゃんが彫った判子で契約書に印を押せば、その契約はうまく行く、運気があがるなどと言われ、地元の有力議員や、優良企業の御用達《ごようたし》となっている。

判子以外に、表札を彫ることもある。時代が変わり、「それだけでは食べていけんから」

ということで、それに加えて十数年前から名刺を刷る印刷の仕事もはじめた。いまとなっては、名刺を刷る方が売り上げがいいらしい。名刺用のプリンターを置いたせいでさらに狭くはなったものの、「これでまた飯が食える」と言って、じいちゃんは喜んでいたのだった。

バインダーに数枚の伝票が挟まっていることから、新規の注文を受けたらしい。利信は、ボーッとその伝票を見つめていた。

「今日から『しまなみ』、言うのに変わったんじゃろ？」

「……うん」

じいちゃんは老眼鏡を掛けたまま、フレームの上の縁越しに裸眼で利信の顔をジロリと見る。利信は反射的に、じいちゃんからスッと視線を逸らし、伝票をパラパラと捲った。

「ふーん。今日は、金曜じゃけ。ほな、あんちゃん家《ち》でも行くか」

じいちゃんは彫刻刀を手早く革の袋に片付けると、椅子から立ち上がった。

「まだ判子、彫ってたんでしょ？」

「かまわん、かまわん。あれはな、あと一時間やそこらではできあがらん。ほいじゃけいったん片付けよか」

じいちゃんはそう言うと、カウンター前に立っていた利信を押しのけ、外へ出る。歩道に置いてあった看板を持ち上げ、店の中へしまおうとするじいちゃんを、利信が手伝った。

じいちゃんは店の壁に掛けてあったベストを羽織り店を出て、シャッターを閉めた。

店の軒先に止まっていた自転車には乗らず、じいちゃんはズボンのポケットに左手を突っ込みながら歩き出す。じいちゃんの背中を見つめながら、利信はあとに続いた。

利信は、じいちゃんが片手に持つ紙袋に気がついた。化粧箱に書かれた酒のラベルが顔を出している。呉の地酒、千福《せんぷく》の大吟醸《だいぎんじょう》だ。じいちゃんとじいちゃんの兄であるあんちゃんが好きな日本酒で、化粧箱に入っているのを買うときは、決まって祝い事なのだ。

「じいちゃん……」

じいちゃんが利信の転属を祝おうと用意してくれたのに気づいて、凹《へこ》んで拗ねている自分の器の小ささに、利信は少し情けなくなった。

「じいちゃん、その紙袋重くない？　持とうか？」

じいちゃんは左ポケットに突っ込んでいた手をあげ、「かまわん」と言い、あんちゃんの住む家へと向かった。

十年ほど前に商売を辞めたが、店先にはまだ「お多福」という看板が掛けられている。換気扇がブンブンと回っているので、あんちゃんはいるにちがいない。

「あんちゃーん」

そう言いながら、じいちゃんはガラガラと引き戸を開けた。

「はいよー」

店の名残りがある土間を抜けた奥の居間の方から、あんちゃんが顔を出した。

「おお、トッチも一緒に来たんか？」

「うん」

「あんちゃん、今日はこれ買うてきたけえな」

じいちゃんが紙袋を指し出す。

「なにがあったんじゃ？」

あんちゃんは膝に手をつくと、重そうな腰をよいしょとあげる。

「トッチはな、今日からな、でっかい護衛艦に配属になったけえね」

じいちゃんは、自慢の孫が護衛艦に配属になったことが、嬉しいらしい。利信をそっちのけで、居間の前で靴を脱いだ。今日のじいちゃんの瞳は、生き生きとしている。

「あ、ほうねえ。今日は祝杯あげないかんねえ！　はよ座りんさい」

あんちゃんはクルリと回ると、店に残されたままの業務用の冷蔵庫から瓶ビールを二本取り出した。

九十を過ぎているのだが、腰ひとつ曲がっていない。昼間は介護ヘルパーがあんちゃんに付き添って買い物に行ったりするのだが、洗濯や掃除、料理など身の回りのことは全部自分で行っている。

じいちゃんも厨房に入って、グラスを出したり、酒の肴《さかな》にするため鍋につくってあった煮物を取り分けている。

「お多福」に客が来ることはもうないが、年老いたあんちゃんは、店舗と家が一緒になったここで未だ生活しているのだ。

利信も厨房と居間を行ったり来たり、靴を脱いだり履いたりして、取り皿や箸を並べ、機敏に動き回る。

ある程度準備が整うと、カウンターに三人が横並びで座った。

「乾杯の音頭は、あんちゃんじゃのう」

じいちゃんがそう言うと、あんちゃんは咳払いをし、ビールが注がれたグラスを掲げる。

「では、トッチの昇任の――」

「昇任やない、でかい艦に変わったんよ。『しまなみ』、いう護衛艦じゃけん」

利信が昇任したときは、毎度あんちゃんとじいちゃんが、挙《こぞ》って祝杯をあげてくれた。

あんちゃんは、利信が転属したことを忘れていたようだ。

「わしゃすぐ忘れるんよ。ほいじゃ、護衛艦『しまなみ』の――なんじゃ、なんになったんね？」

「調理員だよ」

あんちゃんの乾杯の音頭に利信は苦笑いをすると、じいちゃんがガハハと笑った。利信もつられてフッと笑った。

「ほうか。どっちでもええが。たちまち《とりあえず》、かんぱーい！」

「かんぱーい！」

ビールをグイッと一気に飲むと、じいちゃんはにっこりと笑った。目元に皺《しわ》が寄るのを見ると、利信は知らぬ間にじいちゃんも年をとった気がした。

「トッチが一人前になってな、こうやって酒酌《く》み交わすんが、わしゃなんとも言えん、嬉しいんよ」

「……うん」

利信は、じいちゃんの言葉を照れくさそうに聞きながら割り箸で冷や奴をつまんでいる。

「どんな辛い、苦しいときでもな、千福の酒があったら、気分は明るくなるんじゃけ、そういうときは、じいちゃんの店に寄って、あんちゃんとこで酒を飲むんよ」

「……うん」

「ええか。今日から勤める職場がどんなもんかわしゃわからんけどな。仕事のツケはな、仕事でしか挽回できん。みんななあ、仕事から逃げる方法を探そうとするけ、辛いんよ。仕事に向き合え。仕事と戦うんじゃ」

そう言いながら、じいちゃんは握り拳をつくった。

「酒はな、溺れたらいかん。人間潰れてしまいよるけ。ほんでな、飲まれてもいかん。飲んだらないかんの」

あんちゃんは、じいちゃんのグラスにビールをなみなみと注いでいる。

「酒に逃げたらいかん。ほいで、仕事からも逃げたらいかん。仕事に向き合いんさい。嫌な上司もおるじゃろ、生意気な後輩もおるじゃろ、辛い仕事もあるじゃろ」

利信は、真面目にじいちゃんの話を聞いている。

「でもな、仕事からは逃げたらいかんの。逃げられんのじゃ。男に生まれたらな、仕事とは縁が切れん。働かにゃいかん――」

　黙って聞いていたあんちゃんが、なるほど、という顔をして利信に顔を向けた。

「そういうことね。なんやさっきから浮かん顔しとる思とったけど、新しい職場が気にいらんの？」

「……うん、いや……」

　コップに注がれたビールをグイッと飲み干すと、利信は重い口を開いた。

「今日食べた艦の食事があんまりおいしくなくて。しかも、いまの上官も艦の中で平気で喧嘩吹っかけるし、なんだかなあって……」

　あんちゃんは立ち上がると、冷蔵庫のドアに手をかけ、遠巻きに尋ねる。

「食いもんがまずい言うても、今日はカレーじゃろ？　どうまずいん？」

「それがうまく説明できなくて、まずいというかパッとしないというか。その上、上官が同僚に殴りかかりそうになって……初日から、もうさんざんだよ……」

　そう言うと、利信はカウンターの上にうな垂れた。

「カレーはな、フランス料理でもないし、割烹《かっぽう》料理でもない。庶民の食べ物じゃけ、そんな難しいもんとちがうんよ。それでもまずいんね？　味が薄いん？　たまに汁みたいになったんあるけえな」

　あんちゃんは不思議そうな顔をし、ましてや利信はフンフンと頷《うなず》いている。

「まあ、わしゃ食うとらんけわからん」

じいちゃんとあんちゃんはガハハと笑い、ビール瓶を一本空にした。

「今日は芋の皮を剝いて、皿洗いと揚げ物。三百個くらいチキンナゲット揚げたら、もう全身ベトベト――」

あんちゃんがヨロヨロしながら利信のグラスにビールを注ぐと、泡が溢れそうになり、慌てた利信が唇をグラスに寄せる。

「調理員長が味付けするんだ。いまの艦じゃ、俺は味見もさせて貰えない」

「厨房いうんはな、男の戦場じゃけ、信頼がいるんじゃ」

あんちゃんはバチンと両手を合わせ、力強く握った。

「包丁は武器や思たらええね。信頼して貰える、こいつにやったら包丁持たせてもええ、思て貰える日が来るまでな、じっと待つんよ」

「武器ねえ……」

あんちゃんと利信の会話に耳を傾けながら、じいちゃんは手酌を進めた。

「信頼できんやつに包丁は握らせんよ。自衛隊でもそうするじゃろ？　信頼もできんやつに、大砲撃つんは任せられんじゃろ？　わしがひとりでこの店切り盛りしてきたんはな、まあひとりが楽いうんもあるけどな。トッチのじいちゃんも、よう店手伝ってくれたけえ。甥っ子もおるし」

繁忙期《はんぼうき》は、利信の叔父や叔母、利信の従兄弟が手伝うこともあった。

「まずはな、よう観察するんよ。よう厨房を見るんじゃや。野菜の切り方、釜の火加減、味付け、よう見てみ。よう観察してな、まずはな、痒いところに手が届く、そういう存在になるんじゃ」

「それからな――」

黙って会話を聞いていたじいちゃんが口を開いた。

「あとはな、旨いもん食いに行きんさい。たらふく食うんよ！　旨いもん知らんやつが、旨いもんはつくれんのじゃ。これからいろんなとこ寄港《きこう》するじゃろ？　その土地で一番旨いもん、食うてきんさい！　銭がなかったら、わしが小遣いやるけ――」

「いや、いいよ！」

じいちゃんがズボンの後ろポケットにある財布に手をかけるのを、利信が制した。あんちゃんは笑みを浮かべながら厨房に向かい、皺だらけの手で、刺身をさばきはじめた。九十過ぎになっても元気で長生きな秘訣は、自分で料理をするのが好きだからなのかもしれない。

「トッチはな、母さんによう似とるね。辛抱強うて、働きもんじゃけ。なにがあってもやり遂げられる根性があるんよ。なぁ？　あんちゃん聞こえとる？」

じいちゃんがあんちゃんに呼びかけるように話す。

「そうじゃ、あの婿のどこがよくて、お前の母さんが鹿児島まで嫁いだんやわからんけど、まあええ孫が生まれたけ」

利信はハハっと笑い、じいちゃんとあんちゃんのグラスにビールを注いだ。

「カレーいうてな、どこの家でも食べるもんやけ、そんな難しいもんやないんよ。包丁だけはしっかり研いで、来《きた》るべき日に、備えとけえよ」

「うん、そうする」

あんちゃんとじいちゃんに励まされたような気がして、ずいぶん利信の肩の荷は下りた。ビール瓶が三本空になると、じいちゃんは目元に皺を寄せニカっと笑いながら、居間から千福の酒を持ってきた。

じいちゃんもあんちゃんも目元が赤くなってきた。

「トッチ、呉のこの辺はな、空襲で全部焼け落ちてしもうたんじゃ」

漁業、農業が盛んだった街が、戦争がはじまると軍港として栄え、海軍工廠《こうしょう》では、秘密《ひみつ》裏《り》に日本最大級の軍艦大和《やまと》がつくられていた。

呉は数回に渡る空襲を受け、軍人だけでなく、そこに住む多くの民間人が命を落とした。

「わしがまだ五つやそこらのときじゃ。B29が来たあ！　言うてな。あんちゃんに叩き起こされたんよ。あんちゃんにこないして手え引っ張られてな、慌てて外へ飛び出したんよ。あちこちで家は燃えてしもうて、道の方へ瓦礫《がれき》が飛びちっとるもんやからわしら畑ん中走り抜けてな。なあ？　あんちゃん」

当時の日本の家屋は木造がほとんどで、障子や襖、畳でできていたため、燃え広がるのが非常に早かった。当時の軒を連ねた家には火が回り、あっという間に呉の街は火の海と化したのだった。

あんちゃんは盃《さかずき》を片手に、目を細めながら戦時中の思いに耽《ふけ》っているようだ。

「じいちゃんはまだ小さかったけ、足が遅いじゃろ。じゃけ、わしがこうして脇に抱えてな、走っとったんいまでも覚えとるんよ」

「あんちゃんがな、目玉と耳を押さえ！　言うからな、わしゃ親指でこやって耳塞《ふさ》いで、人差し指と中指で瞼《まぶた》押さえとったんじゃ」

焼夷弾《しょういだん》の衝撃波により、目玉が飛び出し、鼓膜が破れるといわれていた。

「あんとき、目と鼻の先のところに焼夷弾が落っこちてな。利信のじいちゃん抱えたまんま畑へすっ転んだんじゃけど、土やったけわしら助かったんじゃ」

あんちゃんはそう言うと、盃を口元へやる。

「わしゃ目え塞いどったけ、なんも見とらんけど、あんちゃんが躓《つまず》いて転んだときにな、パッと目が開いたんよ。そしたらな――」

防空壕に逃げた市民は、火の海に呑まれていたのだ。

「壕に逃げえ、言われとったから、利信のじいちゃん抱えて逃げとったのに、それが、もうまっ赤に燃えて火の粉が飛んどるけ、わしゃどうしょうか思てな」

あんちゃんとじいちゃんは、酔うと必ず戦時中の話をする。利信は同じ話を何百回と聞いたのだが、いつも黙ったまま静かに話を聞いていた。

「若いもんはな、戦争の話したら嫌うんじゃけど、これは生き延びるための教育なんじゃ」

呉に住む利信の親戚には、家族が当時の空襲で絶命した者が何人もいたらしい。この話をじいちゃんは、処世術のつもりで語っていることを、利信はよく理解していた。

いま目の前に広がる平凡な世界は、誰かの手によって護《まも》られ、語り継がれてきたものである。利信は、酔いが回っているせいか、少し感傷的な気分になった。

第二波　Cafeマルグリット

「友理恵ちゃーん、おはよう」

朝日が燦々《さんさん》と降り注ぎ、このまま梅雨明けしてもおかしくないような太陽の下で、友理恵は毎日の日課である花の水やりをしていた。

祖父母が遺した立派な洋館には、季節ごとに異なる花を咲かせるガーデンが広がり、今はその一角に友理恵の祖母が育てていた紫陽花《あじさい》が、こんもりと茂っている。咲き誇る花々に水をやっていた友理恵は、威勢の良い恵子《けいこ》の声に、くるりと向きを変えた。

「恵子おばさん！」

恵子が運転する軽トラの荷台には、バスケットに入れられた朝穫れ野菜が載っている。恵子はクルリと車を回り込ませ、エンジンを切る。恵子は友理恵の親戚で、呉市の東の方に位置する、下蒲刈島《しもかまがりしま》という瀬戸内海に浮かぶ島で農家をしている。いつも、軽トラで朝穫れ野菜を配達してくれるのだ。

「今日のお野菜、持って来たんよー」

麦藁《むぎわら》帽子に長靴、棘やトゲで怪我しないようにアームカバーをした恵子が、運転席から降りてきた。肌は日に焼け、笑ったときの口元が友理恵にとても似ていた。

「ありがとう！　コーヒー淹れるから、店に寄って行ってね！」

「恵未ちゃんは？」

「もうすぐ来ると思うわ」

友理恵が道路を振り返ったときだった。まっ赤なデミオの運転席から、ショートカットの恵未が手を振っている。

「友理恵さーん、恵子おばさーん」

「ほら、やっぱり。恵未ちゃん、おはよう！」

恵未はハンドルをクルクルと回転させ、店先のパーキングスペースに車をピタリと収めた。

眩しい日差しが、店の入り口へ続くポーチに鮮やかに虹を架ける。綺麗に手入れされたアマポーラの花は、まるで客を手招きするように、鮮やかな赤を纏い咲いている。

店先にこれという目立った看板は見当たらない。

神々《こうごう》しい霊峰《れいほう》に囲まれ、瀬戸内海に面した自然豊かな街、呉市の中心部から少し山手寄りにその洋館はある。手書きで「Ｃａｆｅマルグリット」と書かれた小さなトールペイントの札が、控えめにドアノブに掛かっていた。

花鋏《はなばさみ》でこんもりと茂った紫陽花を数本切りとると、友理恵は店の中へと入っていった。見栄えがするように剪定《せんてい》し、各テーブルの上に並べるためだ。

友理恵のあとを追い恵未が店へ入ると、日替わりの恵未チョイスのＢＧＭが流れはじめ、サイフォンからは湯気と香ばしいコーヒーの香りが漂ってくる。

小洒落た雑貨スペースを抜けると、天井の高いフロアが広がり、一段あがったところが広々としたオープンキッチンになっている。

店を開ける前に、カウンターで一杯のコーヒーを恵未と恵子に出すことが、Ｃａｆｅマルグリットでの友理恵の日課である。

「ああ、今日もおいしい！　ねえ、恵未ちゃん？」

恵子からお褒《ほ》めの言葉を頂戴した友理恵は、にっこりと笑うと、エプロンの紐をきゅっと結び、スープを火にかけはじめるのだった。

恵未は、自分が飲んだコーヒーカップをさっと洗うと、ギャルソン風のエプロンを腰に巻き、手早く野菜のバスケットを運んで来た。

「恵未ちゃん、今日のトマト、恵未ちゃんの車みたいにまっ赤でしょ」

カウンターに座ったままの恵子が、バスケットの中を覗き込んで言った。

「今日のは完熟トマトですね。あ、赤たまねぎも入ってる」

みずみずしい野菜を愛《め》でるようにひとつずつ取り出すと、友理恵と恵未はじゃぶじゃぶと流水で濯《ゆす》ぎはじめた。

恵子が島で育てた野菜は、この店でも大変評判がよい。トマトはまっ赤で濃厚で甘い味がし、葉野菜は茎が細く柔らかいため、舌触りがよいのだ。

その日採れた野菜は、友理恵たちの手によってサラダへと生まれ変わる。こだわりの強い恵未が、毎朝日替わりドレッシングをつくっているのだ。

「恵子おばさん、今日は赤たまねぎのドレッシングにしようかな」

「うん。それがええね」

「恵未ちゃん、ドレッシングお願いするね」

オリーブオイルに塩、こしょう、ビネガーを加え、アーリーレッドという赤タマネギをみじん切りして軽くかき混ぜる。

恵子が持ってきてくれたバスケットの中に檸檬《れもん》があるのを見つけると、恵未はおろし金で皮を摩《す》り下ろし、ドレッシングに加えた。小指でドレッシングを取り味見すると、友理恵の肩を叩いた。

「友理恵さん、イイ感じ！」

そう言うと、恵未は小さめのピッチャーへとドレッシングを注ぎ、バスケットの中からレタスを取り出した。

友理恵は、火にかけた鍋に目をやりながら、食パンを数枚スライスする。国産小麦を使っているパン屋が徒歩圏内にあり、ここのパンはすべてそちらの店から仕入れているのだ。

恵未が入り口に黒板を立て、「本日のブランチ　チキンブレストのサンドウィッチ」と、三色のチョークを使って可愛らしい文字で描いていた。

この店の営業は、ブランチとディナーの大きくふたつの時間帯に区切られる。

ブランチをオーダーすると、必ずスープとサラダ、そして飲み物が付いてくる。トーストとサンドウィッチの二種類しかない代わりに、スープとサラダ、サンドウィッチは毎日メニューが変わるのだ。

「できた！」

恵末がフロアへ戻り、友理恵が各々のテーブルに紫陽花を並べるのを手伝っていると、ボーンと時計が音を立てる。

「もうまもなく、いらっしゃるわね」

そう言いながら、友理恵が柱に掛けられた時計を見上げると、ぴたりと十時を指していた。

すると、予想どおり店のドアが開き、カランと音を立てる。

「おはよう。今日も、一番乗りね」

客人が来るのが見えると、恵末がフロアへと下りる。

「貴婦人、ようこそお越し下さいました」

そう言いながら、恵末は細い右腕を伸ばし、お辞儀をした。

この貴婦人と呼ばれる女性は、旧呉銀行の元頭取の奥様である。ご主人に先立たれ、自宅から徒歩圏内にあるこの店に、日課のように訪れている。

まるで髪の一本一本まで手入れされたような上品な風貌《ふうぼう》と、重厚な雰囲気を醸《かも》し出す彼女を、皆が貴婦人、と呼ぶのだった。

恵末がすかさず椅子を引くと、貴婦人は軽やかに腰をかける。貴婦人は決まって、カウンターの一番端に座るのだった。

「恵《けい》ちゃん、おはよう」

　貴婦人が恵子に話しかける。何を隠そう、農作業着を身に纏った恵子の姉が、貴婦人なのだ。

「いつものお願いね」

　恵未がはい、と返事をすると同時に、友理恵がコーヒーをカウンターへ置く。阿吽《あうん》の呼吸というよりも、いつもと同じリズムなのだ。そのルーティーンを大切に思う友理恵は、店では親戚としてではなく、常連の「貴婦人」として接するようにしている。

「恵ちゃん、今日はなんのお野菜が採れたの？」

　優雅な貴婦人と農家の恵子の風貌は、月とすっぽんくらいかけ離れている。

「今日はトマトがちょうどええ頃合いやってね。それを持ってきたんよ。あとは例の食べられるお花も。あ、こんなことしてたらいけんね。私、お父さんの病院行かんと。友理恵ちゃーん、ごちそうさま」

　恵子はカップに入ったコーヒーを飲み干すと、長靴を鳴らし入り口のドアを開けた。同じドアベルなのに、ガランと鳴り方までちがう。

「まあ、恵ちゃんったら忘れっぽい性格が、昔から全然変わってないわ」

　貴婦人と恵子は身なりだけでなく、所作からも姉妹とは思えなかった。

「友理恵ちゃん、明日はお休みするからね」

「わかりました。受診の日でしたっけ？」

「そうなの。検査なんだけど、心配だわ」

「貴婦人が心配なさることなんか、なにも起きませんよ。前もそうだったじゃないですか」

「この年にもなるとねえ。明日の朝、ちゃんと目が覚めるかどうかも心配よ。それに、検査前は絶飲食だから、明日の朝はここの日替わりサンドウィッチが食べられないの」

貴婦人は、つまらなそうにカウンターの上で手のひらを重ねる。

「いつでもつくりますから。ねえ、恵末ちゃん」

機敏にフロアを動き回る恵末がキッチンに戻り、カウンターからグイと首を出した。

「いつでも、つくりますよ」

そう言いながら腕まくりをする恵末は、ボーイッシュな出で立ちのせいもあって、とても頼もしい。

午前中の時間帯に訪れる客は、老人が多い。自宅で朝食を食べたあとに、ペロリとサンドウィッチを平らげる人もいれば、コーヒーだけを注文する人もいる。

トーストをオーダーすると、バターだけでなく、数種類のジャムが添えられている。野《の》呂《ろ》山《さん》を下った安浦《やすうら》で採れるいちじくジャムや、甘夏やでこぽんのマーマレードなど、この店では地元の特産品を役立てているのだ。

マグリットでは一枚は食べきれないから、と半分を持って帰る人もいれば、ガラス窓から燦々と太陽の光が降り注ぐと、気持ちよくなって傾眠《けいみん》する人もいる。

さまざまなライフスタイルを持つ人々が、このＣａｆｅマルグリットへ足を運んでいる。

フロアのテーブルが、ほぼ埋まろうとしていたとき、見慣れた顔のビジネスマンが入ってきた。

「ただいまー」

「中谷《なかたに》さん、金沢からお帰りになってたんですか？」

友理恵に中谷と呼ばれた中年の男性は、土産袋を片手にカウンターの席へとやってくる。

「昨日帰ってきたんだよ。貴婦人、お久しぶりっす」

「あら、出張はどうだったの？」

「ひとりで走り回るハメになって、クタクタでしたよ……。はい、友理恵ちゃんたち、これお土産。きんつばだよ。それと、ブランチはチキンのやつね」

和菓子好きの恵末が、ガッツポーズをしながら、友理恵の代わりに紙袋を受け取った。

「中谷さん、いつもお気遣い頂いて、すみません。今日は、お仕事じゃないんですか？」

中谷は、カウンターの上に置かれたグラスを自ら取り、お冷《ひ》やを注いでいる。彼もまた、マルグリットの常連なのだ。

「うんうん。今日は、仕事で来たんだよ。ちょい待ち」

彼は水をクイッと一気飲みすると、革鞄の中から、下書き原稿のような紙を取り出した。

中谷は、地方紙である呉新聞のキャップなのだ。

「じゃじゃーん。ある程度できあがったから、見て貰おうと思って持ってきたんだ」

恵末は、食い入るように見つめている。友理恵はタオルで手を拭きながら、キッチンから下りてきた。

「呉新聞のコラムにうちが載るって言ってたアレ？」

「新聞じゃなくて、Curelliant《クレリアント》の方ね。これが原稿だよ」

呉新聞社が力を入れているCurelliantという、隔週で発刊されるフリーペーパーがある。中谷はそちらも手掛けるようになったらしい。

「中谷さん、うちの地図も入れてくださってるんですね」

チラリと覗いた友理恵は嬉しそうにしているが、恵未はどうやら不満があるらしい。

「これ、友理恵さんの写真入ってないじゃないですか！」

「そうそう、その写真なんだけど、これ使ってもいいかな？　友理恵ちゃんが、ひとりの写真は嫌だって言うから」

「え？　友理恵さん、なんで？　オーナーなのに？」

「私が出ることないわよ。このお店はね、いろんな人の支えによって、いまがあるんだから」

「ほらなー。友理恵ちゃんが、みんなと切り盛りしてるお店だから、ってみんなが写ってるのがいい、って言うんだもん」

中谷は、ファイルの中から一枚の写真を取り出した。友理恵は中谷から写真を受け取ると、口角をキリッとあげた。

「中谷さん、この写真とってもイイ！」

写真には、キッチンを背景に、友理恵、恵末、そして夜のバイトの成瀬《なるせ》聡美《さとみ》と、野菜を片手にした恵子、中谷自身も写っていた。

写真をよく見ると、端の方に貴婦人も写り込んでいる。

「あらやだあ、私の皺だらけの横顔が写ってるじゃない」

「貴婦人はいつまでたっても貴婦人で、美人そのものですよ」

貴婦人が露骨に嫌そうな顔をするのを、友理恵が宥《なだ》める。

「実際に載せるときはかなり縮小するし、貴婦人が心配するほど、顔なんてわかりませんよ」

「って言うか、普通、新聞記者のキャップ自身が写り込んだ写真、載せます？」

「いいじゃん！　ローカルなんだから。地元密着記者、みたいな感じでよくね？」

中谷と恵末の掛け合いに友理恵はフフっと笑うと、キッチンに戻り、パンの耳を切り落とした。

「友理恵ちゃん、鼻で笑ってるじゃん！」

「中谷さん、それはそうと、仕事でここへいらっしゃったっていうのは、その記事のことでして？」

貴婦人がコーヒーカップに手を添えて、中谷へ尋ねる。

「そうです、そうです、そうなんです。で、ランチで忙しくなる前に、例のパンケーキの写真、一枚撮らせて貰えないかな？」

「それを早く言いなさいな。友理恵ちゃん、写真がご入り用みたいよ?」

友理恵は中谷の分のサラダとスープ、サンドウィッチをトレーに載せ、キッチンから下りてきた。

「中谷さんが仰ってるの、花のやつですか?」

中谷はカウンターの椅子から下りると、申し訳なさそうに頭を下げながらサンドウィッチが載せられた皿を受け取った。

「そうそう! これ!」

中谷は立ったまま、ガラスの水盤に浮かべられた色とりどりの花を指さした。

「今日、恵子さんが持って来てくださったところ! 今日は種類が多いから、ちょうどいいかも! ねえ、友理恵さん?」

フロアの食器を片付け際に、中谷の背中から恵未が首を出す。

「そうね、そしたらブランチが落ち着いたら早めに用意しましょうか?」

中谷はできたてのサンドウィッチを頬張りながら、首をブンブンと縦に振った。

巷では、〝洋館Cafeマルグリットの花飾りのパンケーキ〟というハッシュタグが生まれ、広島県内の話題としてSNSで人気が沸きはじめていたのだ。

仕事柄、流行に敏感である常連の中谷はいち早くそれに気づくと、さっそく友理恵に取材のオファーを出したのだった。

ある程度のオーダーをサーブし終えたあと、友理恵はパンケーキミックスの分量を量りはじめる。友理恵は、材料にもこだわりを持っていた。

乳化剤や香料、加工されたデンプンが入っていない国産小麦を使うようにしている。そして、雑穀とアルミニウムが含まれていないベーキングパウダー、甜菜糖《てんさいとう》などを配合し、友理恵特製のパンケーキミックスをつくっているのだった。

訪れる客から、子供にも食べさせたいから販売してほしいという声があがり、いまでは店舗でも購入できるようになっている。

友理恵がパンケーキミックスに牛乳やヨーグルト、卵黄などを入れ、泡立て器で混ぜ合わせる。その横で恵未がハンドミキサーでメレンゲをつくり、ツノが立つのを確認している。友理恵が混ぜた生地とメレンゲがつぶれないように混ぜ合わせる。

貴婦人はふたりがパンケーキをつくる工程を、黙って見守っていた。ときおり中谷が首を伸ばし、なにかを尋ねようとするが、貴婦人は人差し指を唇にあてるのだった。

恵未がレジやフロアを行き来し、シンク台には食べ終えた食器が溜まりつつある。

フライパンを火に掛け、友理恵が手のひらをかざして温度をたしかめる。よし、と言うとバターをひき、綺麗な円になるように生地を丸くならす。こんもりとした生地が壊れてしまわないように、目を細め、優しく扱う。

弱火のまましばらく蓋をしたあと、焼き色をたしかめた。崩れてしまわないように大きめのへらでひっくり返すと、ちょうどキツネのような色になっている。

「結構時間かかるんだな」

食洗機に食器を投入しながら、恵末が中谷に答える。

「意外に手間暇かかるんですよ。それだけ友理恵さんの愛情たっぷりのパンケーキですから」

友理恵はニコリと微笑《ほほえ》みながら、再度フライパンの蓋をした。テーブルの上に、メイプルシロップとパウダーシュガーを準備している間、恵末が生クリームを泡立てる。

「貴婦人、記事に載せるんだったら、こっちのクロスの方がいいかな？」

恵末は貴婦人にテーブルクロスを見せた。

「そうね、中谷さん、新聞記者でしょう？　どういうアングルで撮るのかしら？」

ぼーっと友理恵がつくっている姿を見ていた中谷がはっとする。

「え、あ、アングル？　そうだな。考えてなかった……」

貴婦人が、まったくもう、と言うとカウンターの席から立ち上がる。

「窓際の席が空いてるから、あそこがいいんじゃない？　自然光も入ってくるし」

中谷は忘れていたように、鞄の中から取材用のカメラを取り出し、ファインダーを覗く。

「うん、そうですね」

「そしたら、ここにクロスを敷いて、えっと。中谷さん、フォークとかも写すの？」

「ピントはパンケーキに合わせるから――」

「そしたら、ここにこう置いてみるのはどうかしら？」

貴婦人はナイフとフォークの位置を動かしてみる。

「ここにできあがったパンケーキを置いて、このアングルで撮るのいいかも！　さすが貴婦人。英国で磨かれたセンスが光りますね！」

中谷は試し撮りに、カシャンと何回かシャッターを切る。

「記事ができあがるの、楽しみね」

そう言うと、貴婦人はウフフ、と微笑んだ。


それから数日後、その日も開店直後から、マルグリットは満席になった。

ここのところ、それまでの三倍ほどに客が増え、店先には列ができている。並んだ客のお目当ては、花飾りのパンケーキのようだ。急遽《きゅうきょ》店先には、待ち合い用に何脚もの椅子が並べられた。

いつもは夕方からのシフトである聡美が、昼前から店へ出ている。彼女は、セミロングほどの黒髪を、太いゴムでひとつにきつく纏めている。近眼が酷く、眼鏡をかけた目は小さく、無意識に細める癖があった。

見た目に華やかさはない。人見知りで、笑った口元がぎこちないせいで、機嫌が悪く、拗ねているように見えるのだ。聡美がいるときは、オーダーと会計、そしてドリンクの準備は彼女が担当するのだが、彼女は自分の印象をわかっているのか、会計を終えた客の食器を片付けたり、裏方仕事に自ら回る傾向がある。

友理恵と恵末は、キッチンから聡美の様子を窺いながら、以心伝心でフロアをフォローする。

　大学生くらいの女子ふたりが席につくと、彼女たちが聡美に声をかける。聡美はお冷やをテーブルの上に置き、オーダーをメモするようにノートを準備した。

　聞き逃してはならない、といつもオーダーを聞くときは力んでいるのだった。

「花飾りのパンケーキをふたつ」

「かしこまりました。お飲み物はどうなさいますか？」

「うーん、飲み物なんにしようかなあ。私はアップルティーをアイスで」

「じゃあ、私はカフェオレのホットで」

　聡美はオーダーを繰り返すと、頭を下げキッチンへとあがる。

　友理恵はオーダーを確認すると、メレンゲをもう一度泡立て直し、準備してある生地をサックリ混ぜ合わせ、弱火にかけた。

　聡美は紅茶の茶葉の分量を量っている。恵未から備え付けのティーメジャー一杯で四・五グラムくらいが適量と習った聡美は、毎回きっちり四・五グラムを量るのだった。恵未はだいたいの目安を教えたのだが。

　時間も手間もかかるのだが、真顔になりながらの彼女の所作を、友理恵と恵未はなにも言わずに温かく見守るのだった。

　訪れた女性客の大半が、このパンケーキをオーダーする。パンケーキがテーブルに並べられるたびに、あちらこちらから歓声にも似た感嘆の声があがるのだ。

「お待たせ致しました。こちらが、花飾りのパンケーキです」

女性客ふたりは、お皿に盛り付けられたパンケーキがテーブルに置かれると、わあ！とやはり声をあげた。

二センチ近い厚みのあるパンケーキが三枚、弧を描くように並べられ、フラワーシャワーのように、赤や黄、ピンク、紫の食用花、エディブルフラワーが散りばめられているのだ。

「なんて綺麗なの！」

女性客はスマホを取り出し、カメラで撮る準備をしている。

「こちらの花は、下蒲刈島の農家のお宅で栽培されたもので、お皿に載っているものは、すべて食べられるものです。萼《がく》の部分は少し苦みがある場合がございます」

聡美の話は耳にも入っていないようだが、それでも聡美は友理恵や恵未に教えられた丁寧な立ち居振る舞いで、接客を行っていた。

パンケーキに添えられたホイップにはミントの葉が寄り添い、ツノは天高くそびえ立つ。粉雪のようにパウダーシュガーが降り注ぎ、メイプルシロップがパンケーキの山肌を滑り降りるのだ。

バターとメイプルシロップの甘い香りを纏った湯気が、ゆらゆらと店内を漂っている。

女性客が、可愛いと言いながらパシャパシャとシャッターを押した。

実は、このパンケーキは友理恵と恵未が考案したものではない。Ｃａｆｅマルグリットはもともとビーフシチューやグラタン、ラザニアといったディナータイムの洋食メニューに定評があった。

しかし、いまやこのパンケーキは、呉駅周辺がシャッター通りとなりつつあり、若者たちの足が遠のく中、カフェタイムに若者たちを呼び込む牽引役《けんいん》となっている。

他のテーブルの食器をキッチンへ運び、食洗機へ並べる聡美に友理恵が声をかけた。

「聡美ちゃん、今日すごく活況じゃない？」

「はい。すごいですね」

「聡美ちゃんのおかげだからね。聡美ちゃんのパンケーキに名前変えようか？」

実は、この花飾りのパンケーキのアイデアを出したのは、聡美だったのだ。

「へ!? ダメですダメです！ なんで聡美、って付いてるの？ ってなって、聡美って誰だよ、ってなって、え、この人ってなって――」

「聡美ちゃん、考えすぎだよー」

食洗機に並べるのを手伝う恵末の笑い声に釣られ、友理恵もフフフと笑っている。

「だって、私みたいなのは――」

「はいはいー。聡美ちゃん、フロアでお客さん待ってるよー」

「あ！ はい！ お待たせしました！」

聡美はエプロンで軽く手を拭くと、メモを片手に厚い前髪を振り乱し、フロアへのキッチンの段差を下りた。

「聡美ちゃんも、かなり慣れてきたみたいで安心したわ」

「そうですね。たまには私がいないときも、ブランチの時間を任せられるかな？」

聡美は絵を描くのが好きで、家にいるときは引きこもってひたすらイラストを描く。内向的な性格であるため、接客には不向きだということを友理恵も恵未もわかっている。それでも、ぎこちない笑顔であるが、苦手なりに一所懸命こなそうとする彼女の努力があちらこちらに垣間見えた。

聡美の風貌には華はないものの、背伸びをしながら変わろうとする彼女の姿は愛らしく、またとても美しかった。

第三波　千波万波

週が明けた月曜の朝、『しまなみ』の乗員たちは甲板掃除を行っていた。利信は、野菜の土を水で洗い流すのも好きだが、甲板流しが終わったあとに真鍮部分を金属研磨剤で磨く金物《かなもの》手入れも結構好きだった。

曇りがとれて艶が出るのが美しく、いつも無言のまま集中して作業に取りかかる。一方知美は眠そうにあくびをしながら、面倒くさそうに右手を動かしている。

自分が真鍮磨きに集中しているのは、もしかしたら現実逃避かもしれないと利信は考えた。先週一日勤務してみて、二百人分近い量の調理にはしばらく手こずりそうだが、それでも職場の環境はなんとなく理解できたと思っている。だからこそ、大熊の横暴さに利信は戸惑っているのだ。そんなときだった。

「あのう。四分隊の給養員の人は、金物手入れが終わったら食堂に集合して下さい」

小橋が、利信たちに声をかけて行った。

「……はい」

返事をしたのは、利信だけだった。ピカリと光り輝く真鍮に、大熊の巨体の影がぼんやりと映ると、利信はハッとして後ろを振り返った。

「おい！　あんな若造に呼び出されたじゃねえか！　おい、お前か」

大熊は、知美に顔を近づける。

「ち、ちがいますよ！　私、なにもしてないです！　ねえ野々宮さん！」

「お前か」

大熊のでかい顔が、野々宮にグッと近づく。

「俺もなにもしてないですよ！」

「腹黒いのにー？　お腹まっ黒じゃないですか！」

知美は重要性を理解していないせいか、野々宮に冗談を言っている。一方、言われた野々宮は両手をバタバタと振り、全身で身の潔白を表明している。

「ったく、なんでまたヒラ幹部になんか呼び出されなきゃなんねえんだよっ！」

大熊は怒りの持って行き場がなく、持っていた研磨剤を甲板へ投げつける。空になった容器が勢いよく床に跳ね返ると、野々宮の脛《すね》にぶち当たった。

「いてっ！」

「掃除ばっかやってられるか！　ほらもう終わったろ！　帰るぞ！」

利信は研磨剤の容器を拾うと、手早く片付け、大熊と、それに続く野々宮を追いかけた。

「あ、もしかして、大熊さんじゃない!?」

「えっ」

知美の言葉に、野々宮の足が突然止まると、利信は立ち止まった野々宮にぶつかった。

「いてっ！」

利信と野々宮が、同時に声をあげた。

大熊は三人を残し、何事もなかったかのように、科員食堂へと向かっている。

大熊の背中が遠のくと、知美が利信の後ろから話しだした。

「先週大熊さんが乗員の胸倉を掴んだりするから！　きっとそのせいで呼び出されたんですよ！　野々宮さん、私行きたくないよー！」

利信は心当たりがあるだけに足取りが重いが、ここまで大事になれば、仕方ないとも思っていた。

科員食堂では、すでに補給長《ほきゅうちょう》と小橋が端座《たんざ》しており、補給長は向かい合った椅子へ座るよう、細く長い腕を伸ばした。

「ちょっとここに座ってくれる？」

補給長の隣にいる小橋は利信と一歳しかちがわないが、自分自身が幹部であることを自覚しているからか、やはり貫禄というオーラが漂っているようだった。

野々宮と知美は目が泳ぎ、落ち着きない様子でいるが、乗員に殴りかかろうとした張本人の大熊は、涼しい顔をしている。大熊以外の全員が、金曜日の一件にちがいないという心構えをしていた。

全員が席についたとき、補給長が口を開いた。

「小橋といろいろ話し合ったんだが――」

補給長が小橋へと視線を送る。

「はい。補給長を前にしてこういうことを提言するのは、やや差し出がましいですが――」

小橋が口を開いたのと同時に、利信と知美の背筋が伸びる。

「ここのカレーは――、たいそう、まずいですね」

「へ!?」

知美が思わず声をあげたのだ。

「私は、初めてこんなカレーを頂きました」

利信たちは、予想外の話題を切り出した小橋の言葉に力が抜ける。一方、大熊は、なにをどう言われようと意に介さないかのように、まったく態度を変えないでいる。大熊には、小橋の取って付けたような上品さがお高く留まって見え、鼻についているようだ。

補給長は、怯《ひる》むことなく堂々と物申す小橋に、ある意味一目置いているともとれる。

「単なるカレーがここまでまずいとは……、私も驚きでした」

「……すみませんでした」

大熊がなにも言わないので、空気を読んだ野々宮が頭を下げて謝った。それでも、まだ大熊はなにも言わない。

「なんでこんなことになるのでしょうか」

知美は小橋と視線を合わせようとせず、補給長は腕を組んだまま黙っている。

「もう少しおいしい料理を、乗員のみなさんに提供してください。いまはまだ停泊している訳ですが、行動が長くなることもあります。食事は艦内の雰囲気を左右するものなので、もう少し気を引き締めて任務に当たって頂けますか？」

小橋のストレート過ぎる物言いに、補給長は申し訳なさそうに苦笑いをした。

「今後、どのように改善するのか、簡単に紙に纏めて提出してください」

「はい、わかりました」

返事をしたのは利信だった。

「補給長、以上です」

「ああ、わかった。じゃあ、そういうことで。いいな？」

補給長はそう告げると、席を立つ。小橋もあとを追うように席を立ち、科員食堂から出ていった。

「なんだあいつ。幹部だからって、若造が偉そうに。艦じゃなかったら、ボコボコにしてやるのにな。めんどくせえやつだぜ」

大熊はそう言うとひとり席を立ち、その場を離れた。大熊が科員食堂からいなくなるのを待って、野々宮は口を開く。

「私、私、って女かよー」

そう言うと、野々宮は面倒臭そうに伸びをする。

野々宮も小橋の言ってることはもっともだと思っているが、ツンとした態度が妙に頭にきたようだ。生意気な同い年の幹部の言葉はいくらまっとうでも、受け入れる気にならないのだ。

三人はラッタルを幾つも上り下りし、調理員用で男女兼用の更衣室へと向かった。

「トッチが来た途端に、こんなことになるなんてなあ」

利信は皮肉めいたことを口にする野々宮の方を向く。

「え!?　俺ですか？」

「たしかに。トッチさん来てから、大熊さんが乗員に掴みかかるわ、幹部に叱られるわ、散々だよ――」

「俺のせいか……」

利信が目をふせると野々宮と知美はクスリと笑った。

「トッチ、冗談だって。遅かれ早かれこうなるとは思ってたけど、トッチが来た途端にこうなるなんてな」

「そうですよね。いつかは言われるって思ってた」

知美は防水エプロンの紐を結びながら、唇を尖らせた。

「なんとかしねえとな……」

野々宮がはあ、と深く息を吐き出すと、利信と知美も釣られてため息をついた。

「じいちゃんが旨いもん食わないと、旨いもんがわかんない、って言ってた」

知美は更衣室の棚の上に無造作に置かれたフリーペーパーを手にした。

「なら、Ｃａｆｅマルグリットってところが、超オススメ！　私の幼馴染が神戸から帰ってきて、いまそこで働いてるんです。トッチさん、これあげます。ここのお店――」

「へえ、なんかオシャレな店構えじゃね？」

野々宮も興味津々にフリーペーパーを覗き込んでいる。利信が知美から渡された、表紙にCureliantと書かれたそれを数ページ捲ったところで、大熊が更衣室のドアを開けた。

「あ――」

咄嗟に利信がフリーペーパーを背中へと隠した。大熊は知らぬ顔をして、棚から検食簿《けんしょくぼ》と書かれたファイルを開いた。

検食簿とは、衛生的・栄養的観点から食事の内容を検査し、記載される記録簿のようなものだ。幹部自衛官が毎日交代で記入している。

大熊は検食簿の金曜のページを開いている。

「金曜の担当、あいつだったのか！」

金曜の欄には小橋の印鑑が押されていた。

普段は二、三行で要約し書かれているのだが、三日前のページだけは均整の取れた小橋の文字が、びっしりと詰まっている。

その前日以前の欄を見ても、しっかり火が通っていたので衛生上問題なし、栄養のバランスが取れている、など大熊の性格を知ってかとくに当たり障りない内容が書かれているのだ。

「なんて書かれてるんですか？」

利信は大熊の横で背伸びをするようにファイルを覗き込むと、大熊が面倒くさそうな表情で読み上げはじめた。

「えっとなあ、しょっぱく、コクが足りない。味に深みがない割に、スパイスが効いていて辛い、だとよ！」

大熊がバチンと音を立ててファイルを閉じたせいで、利信たちの肩がビクリと跳ねた。

「おい、新入り。どう思う？」

「えっ？　俺？　俺ですか？」

利信は落ち着かない態度で、辺りを見回している。

「お前以外、誰がいるんだよ」

「あ、はい……。小橋さんの仰ることは、まちがいでもないような……」

利信の言葉を聞いた大熊は、検食簿のファイルをデスクの上にバサッと放り投げ、なにも言わずに部屋から出て行ってしまった。

「……」

三人はお互いの顔を見合わせている。沈黙を破ったのは野々宮だった。

「俺もそう思ってたよ！　なあ知美？」

「思ってた！　ただ言わなかっただけ！　言えなかった、が正しいかな」

「俺、大熊さんを怒らせちゃいましたよね……どうしよう」

利信は顔面を両手で覆い、床にうな垂れた。

「知美はこの艦しか知らないからわからないかもしれないけど、トッチ、前の掃海艇のカレー、どんな感じでつくってた？」

　利信は膝に手を突き、立ち上がった。

「数日前から用意してましたね」

「うちも最初の頃はそうやってたよな、知美」

「……うん。大熊さんも昔はああいう人じゃなかったし……。出汁《だし》も二日前から準備してたし、飴色たまねぎもつくってましたよ。でも……、なんか大熊さん、数年前から人が変わったみたいに横暴になって」

　知美は意味ありげに野々宮の顔色を窺う。

「ああ、そうだな。大熊さんが悪いって訳じゃないけど、あの人もいろいろあるんだと思う。それで、仕事に対する情熱みたいなもんが、薄れちゃったんだろうな」

「そうなんですか……」

「だからって、今回はこのままって訳にはいかねえだろう」

「私、また小橋さんに呼び出されたりするの嫌だ……」

　知美がいじけるように下を向くと、野々宮がポンと背中を叩いた。

「もう一度、レシピ構築するか？」

「はい。野々宮さんがそうやって行動して下さったら、大熊さんの頑なな態度も徐々に変わってくるかもしれないですよね」

「だなあ。そもそも、どの艦もみんな同じ材料を使っているから、うちの艦だけおかしな味になるってのは、やっぱ調理員の腕を疑われるもんなあ」

　護衛艦の調理員は、レストランのシェフとは決定的に異なることがある。ここでは、調理員がこの食材をいつ、どれだけほしいと発注できるものではない。押し込み形式で艦に食材が搭載され、その中から調理員の采配により献立を考案しなければならないのだ。

　毎月管理栄養士から送られてくる標準献立表に基づいて栄養価を考慮し、一週間分の目処を立て、在庫に基づいて調整をする。好きな時間にスーパーへ行き、好きな食材と予算内で購入するのとは訳がちがうのだ。

　出港した場合はまず生鮮野菜がもたないし、防火訓練や防水訓練など体力を消耗する業務がある場合は、乗員の志気を保つために、嗜好《しこう》に沿った献立をつくるようにするのである。

「前の職場は人数が少ないから、きっとできることも多かったんですよね。全員の顔と名前と、食べ物のアレルギーもわかってたし、乗員との距離がすごく近かったんです。この艦だと、つくる量が多いからなあ……」

　そう利信がぼやいた。

「それありますよね。味がなかなか馴染まないし、大味になったりその加減が難しくって。おいしくできた！って思って野々宮さんに味見してもらったら全然味がついてなかったり」

「知美の言うとおりだな。量が多いからちゃんと確認してないと、味がバラバラになっちゃうんだよ」

野々宮と知美はハアと大きくため息をついた。

「まあ、気負わずにボチボチやって行きましょうよ！　俺、大熊さんに謝りに行ってきます」

利信はハンガーに掛けられたエプロンを身に纏うと、更衣室のドアを開いた。


調理室では、大熊が焼きそば用の麺と野菜を炒めており、その隣の釜で、野々宮がまっ赤なチリビーンズを木べらで漕ぐようにかきまぜている。知美はシンク台のすぐ横で、必死にパイナップルの皮と芯を取っていた。

大きな油槽で冷凍食品のコロッケを揚げながら、利信の頭の中には、ぼんやりと検食簿に書かれた言葉が浮かんでいた。

業務をはじめる前、「さっきはすいませんでした」と謝る利信に、大熊は「ああ」と言うだけで、なにも気にしていないようだ。アレくらいのことは、大熊にとってはもはや日常茶飯事なのだろう。しかし以前の掃海艇で川原とタッグを組んでいたときは、一度だってあんな言葉を浴びせかけられたことなどないのだ。

そのときだった。利信の目の前のフライヤーから、油の飛沫《ひまつ》が立ち上った。

小橋の言葉を何度も頭の中でリピートしていたせいで、利信は気が散っていたのだ。

「きゃあ！　トッチさん！」

噴き上がった油が、利信の右手に降り注ぐ。冷凍庫から出していた時間が長かったせいで、コロッケから水分が出てしまい、高温の油に沈めた途端にその水分が急速に蒸発したのだ。

利信はとっさに揚げようと手にしていたコロッケを、ガシャーンという音と共にトレイごと床にぶちまけてしまった。

「ばかやろう！　なにやってんだよ！」

それを見ていた大熊が、苛立ちながらコロッケを拾いあげる。利信は熱さと痛さで、返事ができない。

「トッチ！　サッサと冷やせ！　知美！　早く氷持ってこい！」

「はい！」

野々宮は水道を捻ると、利信の腕を引っ張り流水をかける。

「イテテテ……」

「痛むか？」

「はい……」

赤く腫れ上がった皮膚の一部が、捲れている。知美が氷をボウルいっぱいに入れ、運んで来た。

「とにかく冷やした方がいいわ！」

「こうやって氷の中に手え突っ込んでろ。残りのは俺が揚げるから、トッチはちょっと休んでな？」

「はい……野々宮さん、すみません……」

「おい！　モタモタしてると、昼飯が晩飯になるぞー。さっさとしろよ！」

「はい！」

きつい言い方でも、大熊の言い分になんら間違いはない、そう思うと、利信は心底不甲斐ない気持ちになったのだ。

冷えたボウルから手をあげると、ヒリヒリと痛みが走り、利信はまっ赤に腫れ上がった手を、また冷水へと漬けた。

調理員の数は完全な人員不足に陥っており、業務が逼迫《ひっぱく》している。

今日は三名で二百人分近い食事を用意しなければいけない。人数が足りないとか、文句や言い訳などまかり通らない。

とにかく手を動かしてつくるしかない。大熊は利信の抜けを急遽埋めるために、知美にまだ半分も終わっていないパイナップルの皮剝きを止めさせた。そして缶詰の黄桃へとメニューを変えた。

下ごしらえに時間をかけていられないので、パイナップルは夕食へ回すことにしたのだ。

昼食が終わる時間になっても利信の右手はジンジンとした痛みが治まらず、補給長が付き添い、病院で診察して貰うことになった。夕方病院へ向かったときには、まだ赤く腫れ上がり、水ぶくれができていた。

利信は、補給長から家へ帰り休むように言われた。戦力外通告を受けたも同然だ。医者に処方された解熱鎮痛剤を飲むと、なんとなく眠気に襲われ、利信は自宅へ帰ると眠ってしまった。

起きた頃にはすでに辺りが暗くなりかけており、腹がペコペコに減っている。ノソノソとベッドから起き上がり洗面所の鏡の前に立つと、髪の毛が逆立っている自分が映る。

「なんか、腹減ったなあ……」

昼に知美から聞いた店のことが頭を掠《かす》めた。利信はトボトボとリビングに向かうと、床に座り込んで鞄をカサカサと漁りはじめた。

「あれ、なんだっけ。ク、ク、クレリアントだったっけなあ」

右手の自由が利かないため、利信は不器用ながらところどころ端の折れたフリーペーパーを引っ張り出した。利信は表紙を捲ろうとするが、なかなか思ったページをうまく開けない。美容や求人のページをすっ飛ばし、ようやく注目のレストラン特集のページを開いた。

見開き二ページに渡ってその店は紹介されていた。Ｃａｆｅマルグリット、という小さな看板と、古びた洋館のショットが掲載され、中央には花が惜しげなく散りばめられた芸術的なパンケーキのショットが載せられている。

「呉にこんなお店あるんだな」

カフェと言いながらも、老若男女に親しみ易いお店、と記事に書かれていた。

ブランチとディナーのメニューがひととおり紹介されているが、どれも千円台の価格帯である。どのメニューにもセットでサラダとスープ、パンもしくはご飯が付いてくるのが魅力的だった。

最近は男性のひとり客も多いという記者のコメントを見て、利信は腰をあげたのだった。呉駅から山手へ向かい、徒歩十分くらいのところにあるらしく、利信のジョギングのコースから離れていない。なじみのある場所だ。

利信はショルダーバッグを肩に掛けると、アパートの階段を下りて行った。

腕時計は十九時半を示している。太陽が沈み、辺りは薄暗くなっていた。真夏と呼ぶにはまだ早い筈なのに、蒸し暑く感じる。

利信は自転車のグリップを握るのがままならないので、徒歩で向かうことにした。信号待ちで何度か地図を確認する。しばらく歩いて行くと、住宅が建ち並ぶ一角に、ひと際目立った洋館が建っていた。

店の入り口の目立たない所に、Ｃａｆｅマルグリットと、滑らかな筆のタッチで描かれたプレートがある。

「ここか」

テレビドラマに出てくるような洋館で、男性客も多いという記事に騙され場違いな店に来たのではないかと思い、少し気後れした。堂々とした洋館を前に、カフェに来たことを忘れそうになる。ガラス窓から中を覗くと、初老の女性と店員らしきひとりが、笑い合っているのがチラリと見えた。

坊主頭をした男性も何人か席についているところから、土地柄、利信は彼らが自分と同じ海上自衛官だと察知する。

利信にとっては少し敷居の高い洋館へ、点々と咲く紅い花が「おいで」と誘うように、エスコートしてくれる。利信はドキドキしながら店のドアを開けると、異国情緒が漂う洋館の雰囲気に圧倒され、お金持ちの外国人が出てくるではないかと想像した。

店に一歩足を踏み入れると、涼やかな空調と共に芳ばしい香りが広がる。利信の腹が、音を立ててグルグルと動きはじめた。

「いらっしゃいませ。お好きな席にどうぞ」

カウンターから、お冷やをトレイに載せた女性が出てきた。ポーチから入ってくるのが見えたようだ。利信は無意識に右手の包帯を隠すと、軽く会釈する。

細くて長い首に、黒髪をクリップで束ね、凛とした気品を漂わせた女性だ。化粧っ気がないわけではないが、薄いアイシャドウはどこか好感が持てる。

店内は八割ほど席が埋まっており、利信は初老の女性の並びのカウンターに腰を下ろした。

ショートカットでボーイッシュな店員が、トレイの上にこんがり焼けたハーブチキンを載せ、利信の背後を通り過ぎていく。

利信は彼女を横目に、メニューを開いた。

本日のメインは、ハーブチキンの瀬戸内檸檬ベシャメルソテー、鱸《すずき》のアクアパッツァ、今日のご飯は音戸《おんど》ちりめんのじゃこ飯、と書かれている。

前菜は、トマトとチーズのブルスケッタと卯の花のケークサレ、そして里芋のガレットと決まっており、メインのみ二種類から選ぶことができるらしい。その他に、根菜と豆乳のベシャメルスープと、パンもしくはライスを選ぶことができる。

ここには、定番のメニューというのがない。つまりは日替わりでメインが変わるようだ。毎日のように通っても飽きが来ないだろう。

メニューの端にも、「Ｃａｆｅ」と書かれているのだが、立派なレストランに見える。利信がメニューを閉じると、カウンター越しにキッチンにいる女性と目が合った。

「お決まりになられましたか？」

にこりと微笑む顔は、けっして営業スマイルではなく、内面から溢れ出ているように感じる。まっすぐ逸らさずに見つめてくる彼女の視線を受け流すことができず、利信は頬を赤らめながら答えた。

「ハーブチキンの瀬戸内檸檬ベシャメルソテー……お願いします」

「はい、少々お待ちください」

そう言うと、女性は利信のオーダーをメモした。胸元には、「友理恵」と書かれたネームプレートが付けられている。

規則正しくバランスがとれた美しい字だった。

友理恵はメモを置き、キッチンテーブルの上に並べられたボウルから具材を取り出すと、テキパキと白く長細い皿へ、前菜を三か所に盛り付けた。

カウンター越しに、友理恵がサーブする。

「こちらが前菜になります」

友理恵とは別に、レジ前で会計をしている女性がいた。レジの操作がうまくいかないのか、アタフタしているところに、フロアからショートカットの女性が足早に近寄る。

「あ、聡美ちゃん、ここを押せばいいから」

彼女は気立てがよく、とても丁寧に教えている。

「恵未さん、すみません……」

そんな聡美と恵未を横目に、友理恵がカウンター越しにサラダとスープを置く。

「サラダとスープになります」

赤紫色をしたレッドオニオンからつくられたドレッシングが色鮮やかに、サニーレタスと絡まっている。つるんとしたポーチドエッグが載せられ、いまにも弾けてしまいそうだ。

利信がカトラリーのバスケットから取り出したフォークの端で卵を突くと、ぷっくりと黄身が溢れてきた。

「あっ」

赤や黄色、緑がまっ白な器をキャンバスにして、鮮やかに彩るようで美しい。

利信はおもむろに左手をあげた。

「すみません」

すると、友理恵が先ほどと同じようにニコリと笑い、カウンターへ振り返る。

「あの……写真撮ってもいいですか……？」

「ええ、もちろん」

そう言うと、友理恵はオーブンを開いた。利信は、ズボンの後ろポケットからスマホを取り出し、サラダにフォーカスを当てると、恵未が利信のスマホを覗き込んだ。

「ああ、いいアングルだねえ」

右手の具合を見られないようにと、利信はサッと手を隠した。恵未もまたニコリと笑うので、利信もつられて微笑むのだが、女性を前にするとどうもぎこちなくなってしまう。

利信は写真を撮り終えるとサラダをひと口ほおばる。このサラダは、野菜の苦みがないレタスの葉の部分はふんわりと柔らかく、茎の部分が少なく歯触りがいい。

これが艦の科員食堂とカフェ、レストランのちがいだと、利信は思った。

苦手だった筈のサラダをはむはむと口へ運んでいると、他の客がオーダーしたアクアパッツァができあがった。

オープンキッチンになっているため、どの席からも店員の様子を目で追えるのだが、カウンターに座ると手元の様子までも窺うことができる。

グリルされた鱸の香ばしい香りが漂ってくると、利信はそちらのメニューにも興味がそそられ、首をぐるりと回した。

しばらくすると、表面には少し焼き目がついたハーブチキンの瀬戸内檸檬ベシャメルソテーとパンが運ばれてきた。

「お待たせしました。本日のメインです。これも写真に撮る？」

恵末にそう言われると、利信は慌ててスマホを取り出した。

「あ、はい！」

恵末の態度は、馴れ馴れしいという感じはなく、むしろ初めて来た自分も歓迎されているようで、利信はなんとなく嬉しかった。

「この貴婦人はね、いいセンスの持ち主だから、いいアングルを教えてくれるよ」

「まあ、恵末ちゃんったら」

常連だけでなく、分け隔てなく接してくれる恵末に好感が持てた。

「貴婦人だなんてねえ」

貴婦人と呼ばれた女性も利信に気さくに話しかけた。

「ここの人たちは私のことをそう呼んで下さるの。恐縮だけど、実は結構気に入ってるのよ」

そう言うと、貴婦人はウフフ、と笑った。

貴婦人が着ているブラウスは糊が効いているのか、皺ひとつない。カーディガンも毛羽立っておらず、毛玉もない。

たしかに貴婦人と呼ばれる理由がわかった気がした。

「私はね、一日に二度来ることもあるの」

利信はナイフとフォークを置き、答えた。

「そんなにいらっしゃるんですか？」

「そうよ。主人がね、定年退職してすぐに病気で亡くなったの」

そう語りはじめる貴婦人は、寂しい言葉を口にしているにも関わらず、孤独感は漂っていない。

「食べてくれる人がいなくなった途端に、料理をするのが億劫《おっくう》になっちゃって。お散歩しながら、ここに遊びにくるのよ。あら、ごめんなさい。冷めないうちに、おいしいチキンのソテーを召し上がって」

「ん！」

利信は、瞳を大きく開けると小さな声をあげた。

檸檬風味の特製ベシャメルソースで煮込まれた、ワンランク上のチキンのソテーに舌鼓を打つ。

炙《あぶ》り、煮込まれた深い味わい。舌の上で転がした瞬間に繊維が解け広がる。

「そうだ、友理恵ちゃん。明日は猫を病院に連れて行くから、朝はお休みするわね」

貴婦人は、サッと自分のおしぼりでテーブルを拭きながら、翌朝の出欠まで述べると、席を立った。

「ごゆっくりなさってね」

「ん！　は、はい！」

貴婦人は、利信に軽く会釈すると会計を済ませ、艶々《つやつや》の白髪を夜風に靡かせ、店をあとにした。

利信は鞄の中から、一冊のノートを開いた。以前世話になった調理員長の川原につけるよう言われて以来、ずっと備忘録として記録している。

なんてことはない。外食した際に、どの店でなにを食べ、その料理にはどのような工夫がなされているかを記入したノートなのだ。

旨いと思うことに理屈はない、ただどうすれば旨くなるかを舌で覚えろと言われたのだ。旨いという感覚は一時のもので、けっして形にはならない儚《はかな》く諸行無常なものである、と。舌で覚えるためにはしっかり頭で考えるべきで、旨いと思ったものを振り返り、書き留めておくためのノートで、通称「川原ノート」だ。

川原は、利信がこのノートに記入するたびに、一緒にフィードバックし、時には同じメニューを献立に取り入れてくれたのである。

今の利信は右手を負傷して書けないものの、そのノートをパラパラと捲っていた。

ふと気がつくと入店した時間がオーダーストップギリギリだったせいか、とっくにディナーの客は店からいなくなっていた。

「どうぞ」

友理恵はそう言うと、カウンターに紅茶を注いだカップをコンと置いた。

ハッとして顔をあげた利信は、辺りをキョロキョロと見回す。

「あ！　もう閉店ですよね！　すみません！」

慌てふためく利信の様子を見て、友理恵はニコっと笑った。

「そのノート、いったいなにが書かれてるんですか？」

トレーを片手に持つ友理恵は、テーブルの上に開かれたノートを指さした。

「あ、えっと、これは……。俺、護衛艦の調理員やってて――」

その言葉に、友理恵の目がやや大きく開かれる。

「俺、海上自衛官の中願寺利信と言います」

「奥中友理恵です。よろしくね」

「このお店、ウェーブ――いやうちの女性隊員の池浦知美から幼馴染がいる、って聞いたんです」

「あら、知美ちゃん？」

友理恵が恵未に視線を送ると、恵未がキッチンからフロアへと下りてきた。

「あ！　この前も来てくれたよ！　知美と同じ艦に乗ってるの？」

「あ！　はい！　そうです。それで、このお店すごい人気だって聞いて――」

「いえいえ、まだまだこれからです。冷めないうちにどうぞ」

友理恵は軽く会釈すると、エプロンのポケットから花鋏を取り出し、店内に飾られた花を手入れしはじめた。

「すみません。いただきます。だから、同じ厨房に立つ者として、なんでそんなに人気があるのか知りたくて……」

利信がカップを持ち上げた右手には包帯が巻かれており、不格好な所作に友理恵が目線をやる。

「あら、その右手、怪我したんですか？」

「今日、職場で火傷《やけど》しちゃって……」

「あら、大丈夫？　厨房に立つと、なにかと怪我しますよね。頭の中で、アレしなきゃ、次はコレしなきゃ、なんて考えながら包丁持ったり、鍋を火にかけたりするわけですしね」

友理恵の言葉を重く受け止めるように、「はい」と言いながら、利信はがっくりと頭を垂れた。

「そんな落ち込むほどのことじゃありませんよ。万人が通る道ですから」

友理恵は涼しい表情のままで、傷んだ葉を剪定している。

「それでばかやろう！　ってすげえ怒鳴られて、俺がボーっとしていたからなんですけどね……」

「なるほど。それでしょげてたんですね。誰も好きで火傷する人なんていないのに」

友理恵に気持ちをわかって貰えたせいか、利信の表情が明るくなる。

「すげえ今日は悔しくて。しかも、上の人にうちの艦の食事がまずい、って言われてしまって……」

利信がそう言うと、友理恵はエプロンのポケットに花鋏をしまい込み、利信の横に座った。

「なるほどね。私も以前に、神戸の竹上電工《たけがみでんこう》で栄養士やってたの」

「栄養士？」

「うん。先輩が辞めるまでは、私もメニューとか全然決めさせて貰えなかったなあ。厨房とかってある意味聖域みたいな感じなのかも」

友理恵は昔を思い出すように、顔をあげた。

「うちで勉強できることなんか、あまりないかもしれないけど――」

「いえ！　今夜の檸檬が入ったベシャメルソテー、めちゃめちゃおいしかったです！　あの、ベシャメルってどういう意味なんですか？」

「そのメニューはね、恵末ちゃんが考えてくれたの」

「え？」

「うん、恵末ちゃーん」

生ゴミを纏めた恵末が手を濯ぎながら、答える。

「ベシャメルっていうのは、白い、っていう意味。檸檬クリームで煮込んだから、そういう名前にしたの。ちょっと変わった横文字のメニューにしたら、新鮮かな、ってミーハー心なんだけど」

恵末はアハハと笑いながら、エプロンで手を拭きカウンターへ下りてくる。

「恵末です。よろしくね」

「中願寺利信です。トッチって呼ばれてます」

そう言うと、利信も恵末のように笑う。

「トッチね。可愛いあだ名！」

「毎回そうやって食レポ纏めてるの？」

友理恵はカウンターテーブルに広げられたノートを指さしている。

「いやあ、先週から勤務する艦が変わったんですけど、その艦の食事が――とくにカレーがあまり評判よくなくて……。上官にまずい、って言われちゃったもんで……」

利信はこめかみを掻いている。

「へえ。面と向かってまずいって言われたんだ！」

「まあ、ストレートに物を言うっていう面ではいいんじゃない？」

「そりゃ、陰でうちのカレーがまずいって言われるのも不本意ですけど……、でも面と向かって言われちゃうと――。まずいって言われて、ムカついたっていうか。なんか……男なのに、ナメクジみたいにジメジメしちゃってすみません……」

「ううん。そういうこと言われると、びっくりしちゃうよね」

友理恵が利信に同調するように答えた。

「トッチがつくるカレーって、ホントにまずいの？」

ストレートな恵末の物言いに、友理恵がクスリと笑う。

「俺、いまの艦ではまだまだ半人前で……。レシピどころか、献立づくりや味付けもさせて貰えないし。まだ、じゃがいもの皮剝き担当程度なんですよ……」

「そっか」

「なんか、目標も目的も、いまの艦に来た途端に見えなくなっちゃって」

友理恵がサッと立ち上がった。

「見えなくなったら、ひと呼吸置いて、また探せばいいじゃない？」

残り少なくなった利信のティーカップに、紅茶を注ぎながら、恵未が話はじめる。

「そうだよ。友理恵さんの言うとおり。自分で見つけることが大切」

「うん。きっと利信君って真面目な人なんだろうな、って思うから、背負い過ぎないことが大切なのかもね」

「まあ、ここに来たときは、自分に素直になって、重荷も置いて帰ればいいんだから」

恵未はそう言うと、エプロンを脱ぎ、クルクルと丸めた。

「あ、すいません！　俺、長居しちゃって！」

「いいのいいのー！」

「さっきより、表情が明るくなりましたね」

背後にいた聡美にそう言われると、利信はたしかに気持ちが前向きになった気がした。

若い女性からスーツ姿のサラリーマン、自衛官、それに貴婦人という客層のるつぼであるＣａｆｅマルグリットは、肩肘を張る必要のない店だ。重厚で立派な洋館に一歩踏み入れた世界の人々は、気取ることもなく、いたって自然体である。一見客《いちげんきゃく》であるからといって、扱いが変わるわけではない。

利信はファストフード店などでは味わうことができない、特別な好感を抱えて家路についた。

第四波　波紋

　翌朝、右手の傷の痛みを我慢しながら、利信は『しまなみ』へと向かった。乗員とすれちがうたびに右手を後ろに回し、無意識のうちに巻かれたガーゼを隠してしまう。

　利信は作業服に着替えると、先に事務所へ回り、棚に立て掛けられた検食簿を開いた。

　今日は、幹部からの小言が書かれている訳でもない。むしろ、早番の食事は味噌汁が好評だったようで、賞賛のメッセージが書かれている。

　調理室へ向かうと、早番だった知美は、既に昼食に使う材料の下ごしらえをしている。

「知美、おはよう」

「おはようございます……」

　早番の知美は、朝食の食器を食洗機に入れるが、所作がどうも荒っぽい。ときおり食器同士がガシャンという大きな音を立てる。機嫌の悪さが漏れ出ているような雰囲気だ。

　利信は、昨日負った火傷のせいで、他の調理員に多大な迷惑をかけてしまい、そのせいで知美が臍を曲げてしまったのだと思った。

「昨日、迷惑かけてごめんな……ホント、俺の不注意で……。ごめん」

「いえ、火傷とは関係ありませんから」

「本当にごめん……」

知美は利信と視線を合わせせない。いつも明るく、調理室の華である知美を立腹させてしまい、昨日の自分のヘマを深く反省した。

利信は大熊が作成した今日の献立予定表を見ると、先回りして貯糧品庫から米袋を取ってきた。

「いてえ……」

二十五キロの米袋を抱えた手にうまく力が入らず、バランスを崩しそうになると、昨日の火傷痕《あと》がピリピリと痛んだ。

調理室に戻ってくると、野々宮が出勤していた。

「おうトッチ、おはよう」

「野々宮さん、おはようございます。昨日はご迷惑をおかけしてしまい、すみませんでした……」

「大事に至らなくてよかったな。当分は無理すんなよ」

「はい。ありがとうございます」

利信は知美の顔色を窺うが、彼女からいつもの笑顔が見られることはない。利信はバツが悪いまま、冷凍マグロをシンク台へ載せる。

野々宮が不穏な空気を察したように、利信へとすり寄ってきた。

「知美、どうかしたの？」

利信は一瞬返答に戸惑う。

「……昨日俺が、迷惑かけちゃったせいで……。すみませんでした」

「いやでも、昨日はあのあとも、知美はトッチのこと心配してたけどなあ……。ははーん。さては彼氏と喧嘩《けんか》した？」

知美は野々宮になにも言わないが、ムッとした顔をしている。

「え？　彼氏と喧嘩したの？」

知美は利信の問いかけにブンブンと首を振りながら、ほうれん草の土を洗い流している。

利信は、知美の横に立ち、ガーゼが巻かれた右手にゴム手袋をはめた。

「出港すると、連絡つかないし、辛いよな……」

利信はそっと知美の顔を覗き込むと、知美は鼻をすすり、また首をブンブンと振った。

「知美は気立てがいいし、優しいいし、優秀だろ？　料理もできるし、結婚したらきっといい奥さんになるから、彼氏もきっと――」

「まずいって言われたんです！」

「ん？」

「私がつくったカレー、まずいって言われたんです……！」

感情に任せ、知美がほうれん草をぶっきらぼうにシンク台へ落としたせいで、パシャンと音を立てて、泥水が利信の頬に飛び散った。

「………あ」

野々宮は利信の頬にこびりついた泥を見て、含み笑いをしている。

「まずいって、言われたって、遠距離じゃなかったっけ？」

「野々宮さん！　そのとおりですよ！　先週の土日に彼氏が呉まで遊びに来てたんです！　そのうち、行動に出たらしばらく会えないし！」

「行動に出る」とは、海上任務に就くことで、いちど出港したら数日間、月単位で戻ってこられないこともある。

「う、うん」

利信はポケットからタオルを取り出し、頬を拭った。

「呉ポポロシアターで映画を観て、灰ケ峰《はいがみね》行って、手料理が食べたいって言うからせっかくつくったのに……！」

知美の顔は苛立ちからか、湧き上がるほどまっ赤になっている。

「昨日電話で話したときに、呉で一番思い出に残ってることは？って聞いたら、映画がおもしろかったって言うんですよ！」

「お、おう……」

野々宮も知美の威迫《いはく》に圧倒されている。

「わざわざカレーが食べたいって言うから、私、前の日から準備したんですよ⁉　なのに、あのカレーはまだまだだな、っていまになって言うんです！　まずいならまずいって、食べてるときに素直に言えばいいのに！　どう思います⁉」

「う、うん」

いまにも襲いかかって来そうな知美の迫力に、利信は濡れたままの手のひらを、知美に向けた。

「せ、せっかく知美がつくったのに、ちょっとショック……だよな。その気持ち、わかるよ……」

知美は利信に胸のうちを話すと、堰を切ったように泣きはじめた。

「お、おい！」

利信と野々宮は慌てて更衣室に走ってティッシュを持ってきた。

「知美はたぶん――、その……、少ない量でつくろうとして、いつもの癖で、勘が狂っただけなんだ。俺たちがつくるのって一気に二百人分近いのをつくる訳だから――」

「むかつくー！」

知美は顔をまっ赤にしている。そこへ、巨漢の大熊がノソノソとやって来た。

「おはよう」

「おはようございます！」

利信と野々宮は姿勢を正して挨拶をするが、大熊に背を向けたままの知美は、か弱い声で挨拶をした。

「ん？　なに泣いてんだ？」

知美はティッシュで鼻をかむと、背筋をピンと伸ばした。

「いえ……」

「なにがあったんだ、っつってんだよ」

「いえ、知美はあの――」

大熊の理不尽な問いかけに、利信が知美を庇おうとした。

「彼氏に、私がつくったカレーがまずいと言われました！」

涙を拭き、でかい声をあげた。

「ああ？　カレーがまずい？　お前、小橋と付き合ってんのかあ？」

「はあ？　いえ！　ちがいます！　『しまなみ』のカレーがまずいって言われている上に、彼氏にも――」

知美が「『しまなみ』のカレーがまずい」と言ったときに、大熊の顎がクイっと上を向いた。知美は瞬時に唇を結び、野々宮が大熊に見えないように、利信の脇腹を肘で突《つっ》いた。

「あ――大熊さん……。あの……、また小橋さんに金曜のカレー、まずいって言われないためにも、なにか対策を取った方がいいと思うんですけど」

大熊の長く、太い熊の後ろ足のような足が一歩ずつ利信へと近づいてくる。

「あ、あの……その……」

野々宮と知美は下を向きながら、足音を立てぬようにあとずさりをしている。

そして、一歩ずつ近寄る大熊に攻められると、利信の背中は壁際にあるコンベクションオーブンにピタリとくっついた。

「調理員である以上……、俺、自分たちが汗水流してつくった食事がまずいとか言われるのが……、悔しいんです……」

「ほう」

大熊は前足と呼ぶのがふさわしい獣のような腕を組むと、利信の頭から足元までを、舐めるように見つめる。知美の涙はすっかり乾き、野々宮の顔にはまるでヤバいことになった、と文字が書かれているようだ。

「次のカレーも、また小橋さんにまずいって言わせたくない……。大熊さんは、俺たちが一所懸命つくったカレーをまずいって言われて、悔しくないんですか!?」

「そうだな。ムカつくよ」

大熊は絡めた両腕をほどくと、利信から視線を逸らし、腰へ手をやった。

「わかってはいるんだよ、俺も」

調理室は、しばし機械音だけに包まれた。野々宮はソワソワとしながら頭を掻き、知美は下を向いて黙ったままだ。大熊の瞳から、一瞬怒りの感情が消える。

「じゃあ、お前は、トッチはこれからどうしたいんだ？」

「みんなで味見するのはどうかな、って」

「なんだあ？　お前、俺の舌が狂ってるとでも――」

再び大熊が両腕を組み、利信に一歩一歩近づくと、野々宮が大熊と利信の間に割り込む。

「あの、大熊さん、トッチは本当にイイ奴なんです！　だから右フックだけは――」

「ふん」

大熊は鼻息を立てると、黙って更衣室へと姿を消した。

「俺、また大熊さんを怒らせちゃった」

「いや、トッチ、ちがうと思う」

大熊は黙ったままファイルを片手に、調理室へと戻って来た。

「ほれ」

大熊から手渡されたファイルを開くと、そこには『しまなみ』のカレーのレシピが挟まっていたのだ。

慌てて知美が、利信が手にするファイルを覗き込む。

「これって！　こんなのあったんですか!?」

「野々宮、このレシピ覚えてるか？」

「はい。覚えています」

『しまなみ』には前任者が残したカレーのレシピがもうすでにあったのだ。

「あるのはあるんだよ。でもなあ」

自衛隊の中でも調理員の人数自体が充足していないのだが、その少ない人員が各艦均等に割り振られているわけでもない。二百名近くいる乗員の食事をたった四人で用意する『しまなみ』は、圧倒的に人手が足りていない。これでは手の込んだレシピでカレーを作ることがままならないため、大熊は手抜きをしていたのだ。

利信がファイルを覗き込むと、三日前から仕込みをする過程が事細かく書かれている。

「三日前からルウとヨーグルト、味噌、大豆を発酵させる、ってことは今日ですね！」

全員がカレンダーへと視線を送った。今日はまだ火曜日である。

「今日から、準備しませんか？」

利信は『しまなみ』に残されていたレシピを見つけ、キラキラと瞳を輝かせているのだ。

「右手がまともに使えねえのにどうすんだよ？」

大熊の難癖《なんくせ》にも、利信はいっさい怯まない。

「大丈夫です！　俺、やれます！」

「私もやる！」

利信の言葉に同意するように、知美の瞳は涙ではない輝きが放たれていた。

「俺、在庫見てきます！」

野々宮は走って貯糧品庫へと走って行った。

「お前、これから昼飯つくって、夜の分もつくるんだぞ？　しかも百七十七人分」

「はい！」

利信の瞳に迷いは見られない。

「カロリー計算しないといけない上に、このレシピどおり行くと金曜に使う予定だった食材が全部変わるんだぞ？」

その他にも、使用した食材の使用量を集計し報告しないといけない上に、一食当たりの食費にも換算しなければならない。調理員はただつくるだけが仕事ではなく、書類上の業務もない訳ではないのだ。

「はい！　俺カロリー計算、得意ですから！」

そのとき、息を切らしながら野々宮が戻ってきた。

「もしかしたらヨーグルトが足りないかもしれません！　でも、それ以外は大丈夫な筈です！」

「今日は下宿先に帰らず艦に残ってやり遂げます。右手もこんなだから時間がかかるかもしれないけど、でも負け犬のまま終わるのは嫌なんです」

負け犬という言葉を聞いたとき、大熊の眉がピクリと動いた。

「そうか」

大熊は視線を下げると、大きくため息をついた。

「まずはさっさと火傷を治せよ。わかったな！」

「はい！」

利信は嬉しくなって野々宮の背中にチョンと触れ、ニッコリと微笑んだ。

火曜の夕食の後片付けを終えると、『しまなみ』の調理員は金曜のカレーに向けて準備を進めた。野々宮の言葉どおり、ヨーグルトと大豆は通常使う量の三分の一ほどしか残っていなかったのだが、味噌と混ぜ合わせ発酵させる。

水曜は玉ねぎとすりおろしたにんじんを火にかけ、飴色玉ねぎをこしらえた。大きな釜に入れられたたまねぎがなかなか飴色にならず、かなり手間がかかった。

そして木曜に、週に二日の補給日を迎えた『しまなみ』は、乗員総出で百七十七人分の数日分の食料を艦に積み込む準備をしていた。

横一列に整列すると、お隣からお隣へと食料を運んでいく。補給長と大熊が指示を出しながら、貯糧品庫や生糧《せいりょう》品庫、冷凍庫へと積み込んでいった。

荷物が回ってくる合間に、野々宮が声をかけた。

「トッチ、海の日の連休はどうするんだよ？」

利信の両親は結婚三十周年ということで、夫婦で旅行に行くらしい。じいちゃんの家に行くか、あんちゃんの家に行くか、それとも家で手持ち無沙汰にゴロゴロするのか、つまりは、せっかくの休みであるにも関わらず、過ごす予定がないのだ。

「とくにないですねえ。野々宮さんは、実家に帰るんですか？　長崎でしたよね？」

「俺？　実家は佐世保《させぼ》なんよ。来月、佐世保に寄港するのに別に今回帰らなくていいかな、って思って、同期と島根《しまね》まで釣りに行くつもり。知美、お盆はどうすんだ」

「私は母の実家の高知《こうち》に帰るつもりです。姉も帰ってくるし、久々に家族全員集合ですね」

在庫表をバインダーに挟んだまま大股を開き、険しい顔をしている大熊に利信が声をかけた。

「大熊さんは、連休どうするんですか？」

「俺は、嫁の実家に行ってくる。今年、三回忌なんだ」

「あ――」

野々宮と知美は、気まずそうに目をキョロキョロと泳がせている。

「それに、嫁の実家が玉ねぎ農家でな。命日ってのもあるし、毎年手伝いに行ってるんだ」

「どちらまで行かれるんですか？」

「淡路島《あわじしま》。車で三時間ちょっとかかるけど、畑が広いから人手が足りなくてな。トッチ、来るか？」

「え!?」

野々宮と知美は顔を合わせ、目を大きく見開いている。

「あ、そうですね……。はい」

利信は大熊の誘いを断れずに、その場の流れですんなりと同意してしまったのだ。

「おお、玉ねぎひと箱くらいはくれるから、向こうから送ればいいよ」

腰に手をやり、大熊は真顔で答えた。

「大熊さん、ちょっと――」

「はいー」

補給長に呼ばれた大熊は、そのまま姿を消してしまった。知美と野々宮が、穴が開きそうなほど、利信の顔を見つめている。

「え、なんですか……」

「トッチ！　お前本気で言ってんのか!?」

「せっかくの連休なのに……！」

「もう､行くって言っちゃったし……、それに玉ねぎもひと箱くれるって。ラッキーかなって」

「あー、ほらまたお人好し。せっかく治りかけの火傷に、大熊さんの雷が落ちても知らねえからな！」

「は、はい。たぶん、大丈夫……だと思います」

野々宮と知美は怪訝《けげん》そうに首を傾げ、軽く首を横に振った。


すべての食料品が積み込まれ、さすがに体力を大きく奪われた利信たちは、夕食の準備までのほんのわずかな時間に、科員食堂で休憩をとった。

「ヤバい、腰痛えな」

そう言いながら、野々宮は腰の辺りをさすっている。

「野々宮さん、トッチさん、はいお茶どうぞー」

「ありがとう」

三人がプラスティックの湯呑を片手に椅子に腰を下ろしたとき、補給長が広報係の男性を連れてやって来た。

「おう、おつかれー。こちら、広報の八重《やえ》さん――」

「お疲れ様です。広報の八重総児《そうじ》と言います」

ふたりは利信たちと同じテーブルの席についた。

「お疲れ様です。どうかしたんですか？」

野々宮が補給長に尋ねた。

「ああ、八重さん、さっきの——」

広報の八重総児は鞄の中からファイルを取り出し、ペラペラとプリントを捲っている。

「ああ、えっと、カレーグランプリの紙はどこ行ったっけ？　すいません、俺も潜水艦から広報に転属になったばかりで、まだこういうの慣れてないんですよねえ。あった！　これです」

「カレーグランプリ？」

利信は補給長の顔を見つめた。知美が補給長と八重の分のお茶を淹れると、八重は一枚のコピー用紙を見せた。

「呉海自カレーグランプリ？」

利信たちは紙を見つめ、全員が声を揃えて書かれたタイトルを読み上げた。呉海自カレーグランプリとは、呉市と海上自衛隊が合同で主催する夏の一大イベントだ。呉基地内のグラウンドを公開し、この日だけは一般市民も入場を許される。海自カレーが食べられることがイベントの目玉で、自衛隊関連グッズを販売したり、地元出身のアーティストのミニライブなども行われ、回を重ねるごとに盛況になっている。イベント終了後には、水上花火大会も開催されるらしい。

「そうなんです。今年で三回目なんですけど、三位までに入賞すると、オリンピックみたいにメダルが貰えます。ただちょうど今年はこの日に行動中の艦が多いんですよねえ」

出港が決まっている艦は、もともとこのイベントにはエントリーができない。潜水艦が二隻《せき》と護衛艦が二隻、掃海艇が二隻、そして補給艦が一隻の全部で七隻がエントリーすることが決まっている。

「最低八隻は出してほしいんですよね。それだけのブースも用意できるし。だから、『しまなみ』にエントリーしてほしくて、今日は直談判に来たんですよ」

転属になったばかりの八重は、『しなまみ』のカレーの評判がよくないことを、どうやら知らないらしい。

「トッチ、エントリーしたことある？」

野々宮の問いかけに、利信が答える。

「一回もないんです」

「『しまなみ』もないなあ。だから、うちの艦には、経験者ゼロだよな……」

野々宮はハンデにため息をつき、額へ手をやる。

「知ってます？　これ優勝したら呉新聞にも載るんですよ。だから、優勝したら一躍有名になってモテるかも」

利信は、八重の言葉に苦笑いをした。

「モテるかどうかは置いといて、この大会にエントリーして、うちの艦の食事旨い！ってみんなに言わせたいなあ」

「トッチ、新しい艦に異動になってきて、ギラギラと使命感に燃えるのはわかるよ。でも、あの大熊さんと仲良くグランプリで優勝なんて……」

「潜水艦のカレーって旨いんですよね。実は今回エントリーする潜水艦は、前に俺が乗ってた艦で――――」

野々宮と八重が話を広げようとしたそのとき、科員食堂に大熊が入って来て、机の上に広げられたプリントを取り上げた。

「あそ⁉」

『あそ』は、たしか昨年就航した護衛艦だ。大熊が妙な叫び声をあげるので、利信は一枚のプリントへと視線を戻す。今回のエントリー候補に挙げられている艦名の中に、たしかに『あそ』が入っている。

大熊は顔を歪め、八重の方を見ている。

「はい、護衛艦『あそ』です。このあいだ横の桟橋に入港していましたよ。就航してまだ間もないし――」

「銀野《ぎんの》だ！」

大熊のでかい声量に利信たちは上半身をビクつかせる。

「大熊さん、ご存じなんですか？」

利信が大熊に尋ねた。

「『あそ』の調理員長の銀野さんのこと、大熊さん――はご存じなんですね？」

八重は大熊の胸元についている名札をチラリと見た。

「銀野次郎《じろう》とは同期です。『あそ』が就航するときに、銀野が調理員長になったことを聞いたんですが。あいつもこれに出るのか」

そういうと、大熊は唇を噛みしめた。

「そうなんですか。銀野さんは昨年『あそ』が就航する前に、別の艦に乗ってらしたときからグランプリを取られてます。いまのところ二冠王ってところですね」

「すげえ……」

野々宮が声をあげた。

「『しまなみ』にもエントリーしてほしいんですよね。でも、強制するつもりはありません。無理強いすれば、負けたときに言い訳するのが人間ですからね」

大熊は珍しく、腕を組んだままなにも言わないでいる。利信は大熊の表情を見て、なんとなく銀野という男と大熊の間に確執があるのだろうことは察した。

「大熊さん、銀野さんって人と勝負しませんか？」

利信の言葉に追随するように、補給長が続けた。

「トッチの言うとおり。グランプリに出て『あそ』の銀野次郎と対決するなら、献立改善計画は出さなくていいよ。とりあえず、『しまなみ』のカレーのレシピを見直したら、俺と小橋が評価するし――」

「大熊さん！」

知美が大熊の肩をポンポンと叩く。

「本当にテメエらはいちいち面倒な奴らだよ！　ビリっけつになったら、恥ずかしいに決まってるじゃねえか！　補給長も簡単にグランプリに出ろ、とか言いますけど――」

「こないだのレシピだったら勝負できる気がするんです！」

利信は席から立ち上がった。

「まだあのレシピでつくってねえのに、なにテキトーなこと言ってんだよ！　もう勝手にしろよ！」

大熊は捨て台詞を吐くと、更衣室へと消えていった。初めて激高した大熊を見た八重は、口をポカンと開けている。

「えーっと――」

「出ます！」

利信たちは口を揃えた。野々宮は気取ったように前髪をかき上げ、知美は肩を竦《すく》めエへへと笑った。

「ありがとうございます。私も同僚や後輩に声をかけて、集客もがんばりますから！」

八重はそう言うと、両手でガッツポーズを作り、白い歯を見せた。

大熊を怒らせたことは悪いと思っているものの、本音を言うと、これを機に変化がほしいと思い、グランプリの開催は、チャンスになると思ったのだ。

三人は軽やかな足取りで調理室へ戻ると、いよいよ明日金曜のカレーに向けた出汁を取る準備をはじめたのだった。

金曜の朝を迎えると、利信は足早にラッタルを駆け上がったり下りたりして、一番に調理室へと足を運んだ。

カレーに投入する牛肉を、あらかじめコンベクションオーブンでこんがり焼いておくためだ。早めに焼いておかないと、副菜のチキンレッグをつくるために使用してしまう。

食材が制限されるだけでなく、タイムスケジュールをうまく組んで調理用機材を使わなければいけない。コンベクションだけでなく、フライヤーや釜も同様だ。

朝礼である分隊整列が終わると、各々が昼食の用意にかかる。本日の献立はカレーとチキンレッグだけでなく、大根サラダに春巻きが付いている。

利信は一時間ほどかけて、カレーの具になる野菜の下ごしらえすると、炊き上がる時間を確認して白米を仕掛けた。

水加減を大熊に確認して貰おうと声を掛けたのだが、大熊は釜をチラリと見ると目分量でOKをくれた。大熊の了解に、利信は無意識に胸を撫で下ろした。

知美は洗った野菜を自動カッターにかけ、利信は右手にビニール手袋を嵌《は》めたまま知美を補佐する。

野々宮は利信の代わりにフライヤーで春巻きを揚げ、その後ろでは、大熊が本来のレシピに則って、カレーの味を調えるためにホワイトソースをつくっていた。薄力粉を焦がさないようにバターで炒め、牛乳で伸ばしている。調理室には、バターのいい香りが厨房に広がった。

出汁の中へ用意していた飴色たまねぎと牛肉、じゃがいもを入れひと煮立ちさせる。じゃがいもが崩れると少し粘り気が出はじめた。そして調合し、発酵させたルウとカレー粉を入れると、スープが徐々にカレーへと変化しはじめる。

大熊は一メートル以上もある木べらで鍋の中を漕ぐようにかき混ぜると、利信の鼻をカレーのいい香りが掠め、お腹がグウと鳴った。

「あ……、お腹鳴っちゃった……」

「トッチのお腹が鳴るってことは、旨いカレーってことじゃねえの？」

「私も今日のカレー、超楽しみ！」

大熊は利信たち三人の言葉が聞こえていないのか、それとも聞こえていないフリをしているのか、とくに返事をしない。

味見用の小皿を取ってくると、木べらの端を小皿に当てた。見た目は前回とあまり変わらない。

大熊が小皿を唇に当てた。利信たちの視線が大熊に集まる。

「なんだよ」

「……どうですか？」

野々宮は怪訝な顔で大熊に尋ねる。

「うーん。お前らも味見するんだろ？」

利信は満面の笑みを浮かべ、小皿を三枚取って来た。

「野々宮さんから！」

「おう！」

野々宮がカレーを口に運んだ。

「どうですか？」

利信と知美の声が重なる。

「大熊さん、これホントに旨いっすね！」

「え！　私も味見する！」

知美がそう言うと、利信もカレーをひと口味見してみた。

「……おいしい」

「ホントだあ！　トッチさん！　これなら小橋さんにも文句言われないかも！」

「大熊さん、これならカレーグランプリにも胸張ってエントリーできますよ！」

前回のカレーよりも格段とおいしくなったものの、大熊は利信の言葉に浮かない顔をしている。

「ただなあ、このカレーのためにどれだけ労力を費やした？　こんなの毎週毎週できると思うか？　毎日の食事で精いっぱいだろうが」

大熊の言葉に、利信たちは反論しない。四人では、百七十七人分の調理を行うのには少なすぎるのだ。本来いるべき人員よりも二、三人ほど足りない分、調理員全員が身を粉にして金曜のカレーをつくっている。

それを一番実感したのは利信自身でもあった。

丹精込めてというより、苦役《くえき》に従いつくったカレーは、とても評判がよかった。こういう日に限って、検食簿の記入担当が小橋でないことが悔やまれる。

費やした食糧の算定と、在庫の確認を終え、利信が艦を降りたときには、二十一時を回っていた。

舷門を通り抜け、『しまなみ』が停泊するバースの向かいの桟橋に臨むと、巨大な鉄の塊が浮かんでいるのに気がついた。調理室に窓はないため、一度艦に乗船すると、中から外の景色を窺うことはないからだ。

「これが『あそ』かよ……」

利信の視線を惹き付けて離さないのは、半年前に就航したばかりの護衛艦『あそ』である。『あそ』とは日本が誇る空母型の護衛艦で、その全長は『しまなみ』よりもはるかにでかい。上甲板にはヘリコプターがいくつも着艦しており、目の前に停泊している他の護衛艦の背景の一部となっている。威迫という名の霧を纏い、まるで鋼鉄でつくられた島のようだ。

大熊が過剰に反応した銀野という調理員長がこの艦に乗船している。五百人分以上の食事を賄う銀野とは、いったいどういう人物なのだろうか。

自転車置き場へ向かいながら、利信は何度も何度も『あそ』へと振り返る。ため息が出るほど、その姿は利信を魅了したのだ。

利信は右手の痛みを庇いながら、おそるおそる自転車を操り、お多福の看板がかけられた、あんちゃんの家へと向かった。

金曜の夜になると、判子屋を閉めたじいちゃんが、千福の酒を持ってあんちゃんの家で酒盛りをする。今日は利信もそこへ合流することにしたのだ。

「じいちゃん、あんちゃん、ただいまー」

「やっと帰ってきたんか？　靴脱いでこっち上がりんさい」

「うん。ゆめタウンのスーパーで刺身買って来た」

そう言いながら利信は靴を脱ぎ、居間へと上がると、すでに千福の一升瓶は半分ほどになっていた。

「トッチ、その右手、どしたん？」

利信が床に座り込むと、すかさずじいちゃんが利信の腕をマジマジと見つめる。

「揚げ物してるときに火傷しちゃって」

あんちゃんは老眼鏡をかけ、目を細めている。

「えらいまあ、なんでそんなに火傷したん？」

「コロッケだよ」

じいちゃんは眉間に皺を寄せた。

「そげなことなっとるのに、わざわざ刺身買うてきて、可哀想に。気いつけんさい。あんちゃん、ありがたく肴にさせて貰おうかいのう」

あんちゃんはふんふん、と頷くと、利信のお猪口《ちょこ》に酒を注いだ。

「トッチ、飯は艦で食べて来たんじゃろ？」

あんちゃんは老眼鏡をずらし、視線を利信に向ける。

「そうだよ。あんちゃん、あのさあ、カレーのこと教えてほしいんだけど」

「あんちゃんがつくるお多福のカレーはな、一番うまいんじゃ！　あんちゃんが海軍さんやったんじゃけ、そりゃもう絶品よ」

じいちゃんは唇の端に唾を溜めたまま、興奮気味である。

「ふん、カレーな。カレーは煮込んだら煮込むほど、コクが出るじゃろ？」

利信はあんちゃんの言葉に数度頷いた。

「たとえばな、三日前のお好み焼きです言うて、誰が食べるんね？　そげな古いもん、誰も食わんじゃろ？」

「うん。たしかに」

「でもな、カレーはちがうんじゃ。煮込めば煮込むほど、箔がつくんじゃ。三日前のカレーでもな、三日間煮込みましたーゆうたら人は喜んで食べてくれるけ。おかしな話じゃろー」

じいちゃんが口を挟んだ。

「だからな、カレーは商売するんが楽なんよ」

「お前のじいちゃんには、なにもかもお見通しじゃけ」

そう言うと、あんちゃんは照れ隠しのようにガハハと笑った。

「え？　そういう理由なの？」

「そうじゃ」

利信は意外な答えに、目を丸くしている。

「カレーいうんはな、香辛料入れるじゃろ？　あれで色と香りと辛みがつくんよ。香りと辛い、いう字書くんじゃけ」

あんちゃんは、利信が買って来た刺身を旨そうに口に運んでいる。

「だいたい、いまはできあいのルウが売っとるのに、カレーがうもうない言うんは、手え抜いとるんじゃ！　艦の人数が多いけ、人の目盗んでサボっとるんじゃろ！」

あんちゃんの言葉に、じいちゃんはガハハと笑う。

「辛いカレーは気いつけないかん。辛いだけのカレーはうもうないんよ。ただ、ずっと煮込んだら風味が飛んでしまうからのう。スパイスを入れるんは、タイミングが大事なんじゃ。お前の艦のカレーそういや、まずいやらなんやら言うとったな」

齢《よわい》九十を超えているのにも関わらず、あんちゃんの短期記憶には衰えが見られない。

「まずいっていうか、それは調理員長の大熊さんが――、味見をする人も味付けする人も同じだったから、人間関係ってやつで」

「なんやらようわからんけど、カレーだけはな、絶対勝てん男がおったんじゃ……」

あんちゃんは、卓袱台《ちゃぶだい》に手を突くと、頭をガクリを垂れた。いままであんちゃんがつくるお多福のカレーが世界で一番おいしいカレーだと思っていただけに、利信はあんちゃんの言葉に耳を疑う。

「あんちゃんのカレーより、旨いカレーがあるの？」

利信は、あんちゃんの目の前にある刺身に手を伸ばした。

「あんちゃんがな、結婚せえへんかったひとつの理由がな、カレーの因縁なんよ。おっと、あんちゃんにこの話聞いたら長なるからな、また今度にせえよ」

「カレーの因縁？」

利信は、あんちゃんの方へ視線を送る。

「カレーの因縁でもなんでもないわい！　じいちゃんの余計な話、聞かんでええ！　ええか、カレーはなコクで勝負せえ！　コクを制するもんがカレーを制すると思たらええんじゃ」

あんちゃんは利信の目の前に人差し指をグイと立てた。

千福の一升瓶が空になったところでお開きとなった。あんちゃんは、赤い顔をしているが、じいちゃんの顔はさほど赤くない。

帰り際にしっかりとした足取りで利信たちを見送ると、店の入り口をガラガラと閉めた。

お多福からじいちゃんの家まで、自転車の前かごにじいちゃんの鞄を入れ、グリップを押しながら、家路につく。

「じいちゃん、あんちゃんが言ってた絶対勝てないカレーってさ――」

「おお、さっきの話かいのう」

「そんなにおいしかったの？」

じいちゃんはベストのポケットに両手を突っ込み、夜空を見上げた。

「あれはな、市之助《いちのすけ》、いう人がおったんじゃ。あんちゃんの上官やったか、なんやったかいね、覚えとらんけど。東郷平八郎《とうごうへいはちろう》と肩並べとった、いう噂もあったくらいじゃけ、すごい人なんじゃろ」

利信は、熱心に耳を傾けている。

「その人は所謂《いわゆる》――洋食、言うんか、ああいうハイカラな食べ物をたいそう好んだらしい。あんちゃんの職場で出たカレーがまずいときはな、わざわざ厨房へ見に行って、小言を言うたらしいわ」

利信の頭には、まるで当時の様子が鮮明に浮き上がってくるようだった。

「あんちゃんはなあ、そのとき調理員とちごうたけどな、市之助さんが厨房に来るのを、当時の調理員はそら嫌うたらしい。じゃけどな、そのとおりにしたらな、偉いもんで、味がコロっと変わるんらしいわ」

じいちゃんは唇の端に唾を溜め、目を生き生きさせながら当時を振り返っている。目元は赤いのだが、酔いが醒めているようにハキハキと話している。

「すごい味覚の持ち主なんだね」

「そうじゃ。それでな、ワシもまだ小さかったから、あんちゃんの仕事場まで見に行きよったんじゃ。ガキは帰れー言われたけどな。あんちゃんの制服がカッコ良かったけ、よう遊びに行ったんじゃ。そしたらな、たまたま挨拶するベッピンさんがおってなあ！　ベッピン言うても、色が白いとか、美人とかそげんなんとはちごうたけど。ただな、可愛らしいんよ！　誰にでもニコっと笑いよるけ、そらもう、あんちゃんはメロメロよ」

利信もじいちゃんの話に、夢中になっていた。

「キミ子さん、言うて、女学校行っとったんか、なんや忘れたけどな。それがな、市之助の娘さんじゃったんよ」

「へえ！」

「なんや、届け物かなんか言い付けられたんじゃろ。ほいじゃけど、呉のこの辺りも軍港が近いけ、空襲に遭ったけ。ワシもありゃ忘れられんけど、焼夷弾がな、雨みたいに降って来てな」

「うん。じいちゃんの目と鼻の先くらいの距離にも落っこちたんでしょ？」

そう言うと、利信は十メートルほど離れた信号を指さした。

「そうじゃ、ワシの目と鼻の先にな焼夷弾が落ちてきて、火柱が上がったんじゃ。この辺りも焼け野原になってしもて……」

じいちゃんは年のせいもあって、目元に薄《うっす》らと涙を浮かべる。

「じいちゃんの友達、防空壕に逃げたのに亡くなったんでしょ？」

「そうじゃ……壕に逃げた人は、火の海と煙に呑まれてしもたけ……。壕に逃げたら助かる思て、みんな駆け込んだんじゃ」

じいちゃんは目元を指で擦《こす》ると、鼻をすすった。

「その市之助さんのお嬢さんは？」

「わからん。そのベッピンさんも死んでしもうたんじゃろ。あれから一度も会うことなかったけ。戦争終わったらな、この辺は空襲でやられてしもて、なーんも残っとらんかったわ。あんちゃんも海軍辞めて、食堂はじめるまではしばらくは働きに出とったしな」

じいちゃんからたびたび教えられてきた戦争の話を聞くたびに、利信の胸は激しく締め付けられるのだった。

第五波　渦潮たまねぎ

旨い酒を飲んだせいか、せっかくの休日だというのに、利信は翌日の昼過ぎ頃まで頭がぼーっとしていた。酒に弱い父の血を引く利信の体は、夕方近くまでエンジンがなかなかかからない。

右手の痛みもずいぶんと楽になり、水ぶくれもかさぶたに変わってきた。人員が足りない調理員の仕事は過酷であるため、利信は夕方までテレビをつけたままダラダラと過ごしていた。

腹も減ったし、右手もまだうまく使えないので、今夜はＣａｆｅマルグリットへ行くことに決めた。

メニューが日替わりだし、マルグリットのオーガニックな味付けや、目新しいメニューが好みの人なら、きっと足を運びたくなる。そして、利信はそのひとりになりつつあった。明るく優しい、美人のお姉さんがいるし、味だけではなく、自分の弱さを躊躇《ためら》うことなく明かすことができる場所のような気がしている。

居心地のよい空間なのだ。

到着予定時間は十九時半くらいを目処にして支度をすると、利信は見栄えのいい服装に着替え、髪の毛を整えると、玄関のドアを開けた。

七月も半ばにもなると、夜風が生ぬるく湿っぽい。太陽がようやく沈もうとしている空は、れんがのような美しい紅に染まっている。消えてしまいそうな夕焼けを見ると、利信はなんだか寂しい気持ちになり、足早にＣａｆｅマルグリットへと向かった。

この日のディナーに利信は、アボカドと水茄子のチーズポーク巻きをオーダーした。百七十七人分の料理に、アボカドと水茄子にチーズを載せ、豚肉でロールするなどという、手の込んだメニューはないもんな、と利信は思った。

もうひとつの魚料理のディナーメニューと迷ったのだが、調理員の性《さが》なのか、利信は冒険的なメニューを選ぶことの方が多いのだ。

利信が座るカウンターに料理が運ばれてくると、利信はすかさず画像をスマホに収めている。そしてあまりにも大きく口を開けて頬張るので、「喉の奥に吸い込まれそうね」と、貴婦人がクスクスと笑った。

豚肉で水茄子を巻くことにより、チーズのしつこさが和らぎ、ちょうどいい塩梅になる。貴婦人の好物のひとつでもあるそうだ。利信は友理恵に存在が知られた川原ノートを堂々とテーブルの上に置き、書き込みはじめた。

フロアの食器を片付けている恵未が、ときおり興味ありげにのぞき込むタイミングを見計らって、利信が恵未の袖を摑み、問いかけた。

客が少なくなり、やや声も大きくなる。

「呉海自カレーグランプリで勝てるカレー？　まずは見た目とかじゃない？　盛り付けとか、ご飯のツヤ、あとはルウの色とか、野菜の形とか、切り方かな？　その次は、ご飯の炊き加減。うちはね、友理恵さんのオススメで石窯の炊飯器使ってるんだ。あまりにもおいしく炊けるから、家にも買っちゃった。決定的なのはスパイスだね。スパイスは味っていうよりも、風味と色合いなんだろうけど。でも、しっかり野菜を煮込んでコクがないと勝負にならないかも。何日も前からある程度準備しないと、間に合わないんじゃないかなあ？」

「恵末さん、すげえ。分析力を見せつけられた感じ……！」

一気にメモする利信の手が早くなる。

「恵末さん、神戸ではバリキャリだったんですよ。見た感じそのままだけど」

聡美は口を挟みながら、テーブルの食器をせっせとシンクへ運んでいる。

「やっぱそうなんだ。ちゃんと、分析するってか、頭使わないといけないんだな……」

「何故まずいと思うのか、よね。艦だったら、大人数分つくるから、薄味だとかコクがないとか、大味とか。カレーだと辛すぎるってのがあるかもしれない」

「なるほど！　あんちゃんが言ってた、しっかり観察しろ、ってのはそういうことなのかも。たしかにうちの艦のふだんのカレーは、ちょっと水っぽいんだけど、後味《あとあじ》が辛い」

「なんだー、トッチ、まずい理由わかってんじゃない」

「わかってても、いまホントに人員不足で……。もともと伝わってるレシピでつくれれば旨いんだけど、それだと時間がかかり過ぎるんだ。飴色たまねぎを使ったりして、一時間近く釜を使うことになるから、すべての料理をつくり終えたあとじゃないとできないんだよなあ」

「それなら時短レシピよ」

友理恵は手を止め、カウンターへ向きを変えた。

「時短⁉」

利信は慌てて鉛筆を持ち直す。

「うちもオニオングラタンスープをつくるときは、飴色たまねぎをつくっておくんだけどね。忙しいときは早くつくるコツがあるのよ」

「どうやったら手早くできるんですか⁉」

「前の日にたまねぎをスライスして、冷凍庫に入れておくの。みじん切りとかすりおろす人もいるみたいだけど、うちは繊維がスープに残るようにスライスすることにしてるの」

利信は頷きながらも書く手を止めない。

「冷凍にしたたまねぎを炒めるとね、すごく水分が出てくるから、そのときに塩を加えるの。お漬物とか漬けるときに塩を入れると知らぬ間に水が出てくるでしょ？　浸透圧でたまねぎから水が出やすくなるのよ」

「そうなんだ！」

「うちはいろんなメニューの隠し味に飴色たまねぎ使うから、できあがったものはこまめに冷凍してストックしているの。いまみたいな感じでつくってみれば、十五分くらいででき あがるのよ。ねえ、恵末ちゃん？」

「そんなに早いんですか！」

利信はカウンターから顔をあげると目を丸くしている。

「飴色たまねぎを時短でつくって、冷凍しておけばかなり手間が省けるんだな。友理恵さん！　どうもありがとうございます！」

「いえいえ。これくらいとんでもございません」

「ねえ、友理恵さん、ここのメニューとかレシピって誰が決めるんですか？」

友理恵が髪を揺らし、再びシンク台から振り返る。

「恵末ちゃんが決めてくれることが多いかな。この辺りは、長い歴史と共にお商売してるお店がたくさんあるから、既存のメニューではお客さんに来て貰えないだろうな、って。だから、あえて目新しい料理にしてるの。そういうのは、恵末ちゃんが得意だしね」

「友理恵さんがつくってるのかと思ってた」

フロアを片付けていた恵末が振り返った。

「私、もともと食いしん坊だからさ、これおいしそうだな、ってアンテナが反応しちゃうんだよねー。それに、聡美ちゃんがこれ食べたい、ってものもメニューに入れてるし」

聡美は恵末の言葉にムフフと微笑んでいる。

「うん、最近人気のお花が載ったパンケーキも聡美ちゃんのアイデアなの」

キッチン側のカウンターには、エディブルフラワーという食べられる花が栽培されている。紫や黄色、濃いピンクなど何種類もの花がフラワーポットで、色とりどりに咲いているのだ。

恵末はそう言うと何輪かを花鋏で切り取ってさっと流水で洗い流し、利信へ差し出した。

「これ食べられるんですか!?」

「うん」

水が注がれた利信のグラスに浮かべた。

「綺麗だなあ」

残った一輪を、恵末が口へ運ぶ。

「んー、これだけで食べるものではないけど、食べられるんだよ」

「なんでまた、花のパンケーキなんて思いついたんですか？」

「私、絵を描くのが好きで……。それで、パンケーキに花が添えられたのを描いてたら、恵末さんが――」

「超可愛かったの！　トッチ見てよ。ここのメニューの端っこにある挿絵、これは全部聡美ちゃんの手書きなんだから」

「え！　そうなの？」

利信は慌ててページを捲った。

「聡美さん、すごい才能があるんですね」

「いえいえ、全然」

聡美は薄ら笑みを浮かべながら、首を振った。

「私、幼い頃に母親が亡くなって、陰気な性格だったんです。そのせいかわからないけど、いままで仕事が全然続かなくて――。前のバイトは、シフトすら入れて貰えなくなっちゃって……」

友理恵はカウンターの奥から、心配そうに聡美の顔色を窺った。

「でも、ここが自分の居場所になった。こうやって、誰かのために、なにかができるって嬉しいことだって、思えるんです。人間なんか、ひとりで絶対生きていけなくて。でも、みんな強がって平気なフリをする。プライドを武器と勘違いして、纏うんだって。友理恵さんと恵未さんに出会ったとき、初めて自分の弱さをさらけ出すことができたんです」

聡美はそう言うと、ぼんやり窓際の方にもある、別のカウンターを眺めた。恵未はニコリと笑うと、食洗機のスイッチを入れた。

「この店はね、みんなでつくっていく店なの」

友理恵は手を止め、カウンターへと近づく。

「なにかの対価にお金を貰うことって、単純そうでいて実は単純じゃないのよ。私たちと同じ時間を共有して下さって嬉しい、って思うから、お客さんと沢山話をして、みんなが抱えてる重荷は、ここで手放してほしいな、って思うの。誰かのためになにかができること。利信君だけじゃなくて、恵未ちゃんも、聡美ちゃんも。みんなが帰る居場所をつくる、ってこの店をはじめるときに決めたことなの」

——たったひとつだけ。まるでそう言うかのように、人差し指を立てた。

「ここにいらっしゃるお客さんも、私たちも、みんなここが好きなんです。もちろん友理恵さんとか、恵末ちゃんがいるからなんだけど。Cafeマルグリットが帰る場所なんです。そういう親しみ合うっていう感覚みたいな輪を、トッチさんにも広げていってほしいな……」

口数が少ない聡美の言葉を、友理恵と恵末は、肩を並べ、微笑ましく聞いていた。

「う……。俺、大熊さんと仲良くなんかできるかな……」

「ああ、包帯でグルグル巻きになってんのに、馬鹿野郎って言った人？」

カウンターから恵末が身を乗り出す。

「苦手な人、嫌な人ってのは、ある意味己を映し出す鏡なのかも。自分が持っていないものを、相手に見出すことはできないから」

太くてまっすぐな芯が一本通った友理恵にそう言われると、利信は、自分がよりいっそう小さい存在のように思えてきた。利信は、額に手をやり、呟いた。

「俺って、弱いなあ……」

「まあ、頑張ってる人のどこが弱いの？」

「え……」

顔をあげ友理恵を見つめると、利信に向けられた視線がとても優しい。頑張っている、と友理恵に言われると、自分の味方が増えたみたいで、利信は安心感で包まれる。

聡美が言った言葉の意味を、また少し理解できた気がした。

「そう……、かな」

「まあ自衛隊って強烈な縦社会だから、理不尽なことだらけなんだろうなー、ってなーんとなく思うんだけど」

恵末がフロアに下りてくると、利信の背中をポンポンと叩いた。

「トッチは自分に正直でいいじゃない？　とても素敵だよ。ねえ、友理恵さん」

「うん。自分に嘘ついて、向き合えないことこそ、きっと弱さなのよ。素直であるか、それとも自分自身に嘘をついているのか、利信君自身が一番わかってるでしょうけど」

そう言うと、友理恵はエプロンを脱いだ。


利信が帰る頃、客はすでにいなくなっており、恵末と家路を共にした。右手をズボンのポケットに突っ込んだまま、利信がポツリと呟いた。

「恵末さんもそうだけど、友理恵さんのあの包容力なんなんだろう。俺には菩薩《ぼさつ》さんに見えますよ」

恵末も利信と同じようにポケットに手を突っ込んでいる。

「きっと、辛い過去を乗り越えて来られたんだと思うよ」

「辛い過去？」

「だから、他人に手を差し伸べられるんだよ」

意味ありげな恵未の言葉に、利信の眉間に皺がよる。

「苦労人とか、壮絶な過去とかそういうつもりで言った訳じゃないけどさ、友理恵さんは痛みがわかる人なんだ。情が深くて優しけど、けっして軸がブレない強さがある。私も友理恵さんみたいになりたいけど。傷を知らない人が、人の痛みなんかわからないだろうな、って思う」

「じゃあ、友理恵さんも傷を抱えてるってことですか？」

「今度、聞いてみなよ」

そして、恵未はここで、と手を振るとコンビニへと消えていった。

恵未の言葉が利信の胸に深い余韻を残す。傷があるものはどこかで欠陥品だという方程式があった。しかし傷を負ったことが、いまをつくる経験値となる。目から鱗《うろこ》が剝《は》がれるように、妙に頭の中がクリアになった。


急遽決まった淡路島で過ごす連休のために、大熊と利信は各自、艦の居住区にある荷物を適当に纏めると、基地をあとにした。艦に乗る人間にとっては艦こそが自宅なので、着替えや日用品も、艦内の居住区に揃っている。淡路島へ向かうため下宿先に帰る時間を惜しみ、基地に停められた大熊の車に乗り込むと、利信たちは早々に呉を出発した。

大熊は四輪駆動のハンドルを握っているのだが、いかにもやすやすと運転する。行きの車の中では、野々宮と知美からのグループメッセージが来ていた。ふたりとも、利信が大熊と過ごす二泊三日を懸念してくれているようだ。

大熊はその気持ちを知ってか知らずか、行きの車の中ではあまり口を開かない。利信はときおり大熊に話しかけるも、大熊は聞いているのかいないのか、曖昧な返事をする。

しばらくして、ふいに思い出したように、また利信は大熊に問いかけた。

「あのう、大熊さん」

「ん？」

利信は、上目遣いで大熊の横顔を見つめる。

「奥さんは、先にご実家に戻ってらっしゃるんですか？」

一瞬、大熊は押し黙ったあと、素っ気なく切り出した。

「いや、だから亡くなった。嫁の三回忌」

「え!?」

あのとき気まずい感じで話が終わったのはそういうことだったのか、と利信は悟った。

「嫁もいないのに、なんで嫁の実家に帰るのか、ってことだろ？」

利信は気まずそうに、数回コクコクと頷く。

「あいつ、毎年仕事休んで淡路島に帰ってたんだ。嫁が生きていたら、きっと今年も手伝いに行っただろうな、って思ってな。それだけだ」

「そうなんですか……」

利信は自分から切り出したものの、大熊になんと言葉を返せばいいのかわからず、車内には気まずい空気が流れていた。

岡山《おかやま》の辺りで休憩し、約三時間半ほどで淡路島にある大熊の奥さんの実家へ到着した。着いたときはすでに二十三時近くになっていたのだが、大熊の妻の両親が、わざわざ表で出迎えてくれた。

「お義父《とう》さん、お義母《かあ》さん、ご無沙汰しています。こっちが新しく転属してきた、中願寺利信で――」

「はじめまして、中願寺と申します」

「はじめまして、猛広くんのお母さんです、ホンマは義理やけど。あなたが噂のトッチ君言うん？　可愛らしい顔して！」

どうやら大熊は利信のことをあらかじめ話していたようだ。トッチと呼ばれていることまで話してくれているのを利信は意外に、そして嬉しくも思ったのだ。

「大熊さん、俺、噂になってるんすか？」

「なってねえよ」

大熊はそう言いながら、まるで照れを隠すように利信の分のボストンバッグを肩に掛けた。

「二泊三日、お世話になります。よろしくお願い致します！」

「さすが自衛隊さんやわ、挨拶が気持ちええね」

「母さん、みなさん疲れてはるんやから、はよ中へ入ってもろたら？」

よくしゃべる義母を見かねて、義父が手招きをした。

「ホンマホンマ。遠いとこからよう来たねえ。運転疲れたんとちゃう？　ご飯つくって待ってたから、はよ入りやー」

「あの、さっきSA《サービスエリア》で大熊さんと食べて――」

「なに言うてんのー愛想ない！　猛広くんも、忙しいのに、ありがとうね。おおきに」

深夜にもかかわらず義母は、焼きたての淡路牛を肴に出してくれた。大熊は、呉で買ってきた地酒を開け、義父のお猪口へ注いでいる。

「遠慮せんと、食べるんやで。なんか息子増えて、嬉しいなあ」

「息子ってことは、俺、大熊さんと兄弟になるんですか？」

「はあ？　ならねえよ」

真っ向から否定する大熊の態度に、利信はわざとらしく口を尖らせた。

「ふたりは仲ええんやね。ほしたら、先に乾杯でもしよか。お母さーん！　はよこっち来てー！」

キッチンから急いで来た義母も席につくと、お猪口を手にした。深夜の乾杯をすると、淡路島での晩餐《ばんさん》がはじまった。

義父と大熊は飲むピッチが速く、深夜ということもあり、義父が一番に卓袱台の上で船を漕ぎはじめた。

「ちょっとお父さん！　明日は玉ねぎ掘らなあかんねんから、寝るんやったら自分の部屋で寝てよ！」

数回シャックリをした義父は、四つん這いになりながら、畳の間へと消えていった。

「お義父さん、ちょっと飲み過ぎたんですかね？　きっと大熊さんが来てくれて、嬉しかったんでしょうね」

酒好きの義父に付き合った大熊にとっては、たいして酔えるほどの量ではなかったようで、どうやら大熊はかなりの酒豪のようだと利信は思った。一度シャックリをすると、利信の方を見て、フン、と鼻で笑った。

「猛広くん、お父さん、寝てしもたわー」

「明日も早いですし、お気になさらず。俺、サッとシャワーだけ浴びてもいいですか」

「かまへんけど、お酒飲んでるのに大丈夫ー？」

そう言うと、義母は大熊のあとを追い、風呂場へと消えていった。利信は散らかったテーブルの上を片付けはじめた。

食べかけのものにはラップをかけ、洗い物はシンク台へと運ぶ。濡れ布巾でテーブルを拭いていると、義母が戻ってきた。

「ああ、もう、お客さんやのに！　ごめんね！　ありがとう！」

四人分の食事の後片付けなど、利信にとってはたかが知れている。利信が食器を洗剤で洗い、義母が洗剤を濯ぐ。しばらくすると、義母がひとり言のように口を開いた。

「あの子――猛広くん、おかしいと思うやろ。亡くなった嫁の実家に夫が遊びに来るなんて」

「はあ、ええ……」

なにか事情があるのだろうとは思っていたが、利信があえて聞かずにいた話題だった。

「きっと罪を背負て生きてるんや思うわ、娘のこと。守りきれへんかった、言うて大声で泣いて、私らに土下座してねえ……。うちの娘、仕事帰りに交通事故で亡くなったんよ。働く、って言いはじめたのは娘の方やのに、不甲斐《ふがい》ない僕のせいや、って」

義母の声が鼻にかかる。酔いも回り、少し感傷的になっているようだ。

「ほんまはね、誰かのせいにしたら楽やねん。だから人はすぐ誰かのせいにする。でもな、そうやって他人のこと、ああやこうや言ったとこで、なんも変われへんのよ」

利信はときおり義母の方へ視線を送り、頷きながら話を聞いていた。

「いくら泣き喚《わめ》いたってね……もう娘は帰らぬ人なんよ。私もこの家の押入れひっくり返して泣いて暴れてね。で、気がついたら疲れて寝てたみたいで、朝が来たらこの部屋散らかったまんまやったわ。なんにも変わってなかった。自分が変わらな、なーんも変わらへんからね」

「はい……」

利信は娘を失った母親のことを思うと胸が痛くなり、深く頷きながら返事をする。

「猛広くんは、まだ変わるのが怖いんやろな」

翌朝、利信と大熊は、さっさとTシャツとジーパンに着替えた。昨夜は遅くまで起きていたため、利信は朝ごはんの茶碗を片手に、寝惚《ねぼ》け眼《まなこ》を擦っている。そそくさと朝食を済ませると、お義父さんが運転する軽トラの荷台に乗った。

早朝の清々しい風と、優しい朝日を燦々と浴びると、ようやく利信の意識もはっきりとしてくる。

相変わらず大熊は、多くのことを語らないまま、玉ねぎ畑に到着した。畑の脇に停めた軽トラから降りると、利信は長靴に履き替える。両手に軍手を嵌め、首元に掛けたタオルをくるりと結ぶと、気合が入った。

大熊はお義父さんのあとについていくのだが、利信は畑の土に足を掬われそうになりながら、やっとの思いでふたりの背中に追いついた。

「玉ねぎを引っこ抜くんよ。こうやってな」

お義父さんが手本として玉ねぎの茎を持って引っこ抜くと、すっぽりと気持ちがいいほどに根っこごと抜ける。

「トッチくんもやってみい」

「はい！　おっ！」

思うよりはるかに簡単に引き抜けたせいで、利信は勢い余って隣の畝《うね》に転がり落ちてしまった。

「なにやってんだよ、まったく」

そう言いながら、大熊は利信に手を差し出した。大熊がそんな行動に出るとは思わず、利信は目を丸くした。

「え？」

「おい、早く――」

手を摑みグッと引き上げると、大熊は利信のズボンについた泥を払った。

「す、すみません……！」

大熊とお義父さんが次から次へと玉ねぎをスポスポと抜くと、利信とお義母さんは玉ねぎのヒゲのような根と、茎をナイフで落として行った。

太陽が真上まで昇ってくると、辺りの気温が一気に上がりはじめる。大熊はもちろん、利信のTシャツも汗でびっしょりと濡れていた。

「陽も上がって来たし、一回休憩しよかー」

「はい、そうですね――」

畝の間に切り落とされた玉ねぎの茎が、こんもりと積み上がっている。利信が、茎を踏み立ち上がったとき、まるでバナナの皮を踏んだようにズルリと滑り、尻餅をついた。

太陽の光が最も強くなる頃に、利信たちは昼食をとるために、義父たちの家へと帰った。

お義母さんが用意してくれた淡路島のオニオンサラダは、玉ねぎの辛味や苦味がまったくない。

「海上自衛隊の人を目の前にして、カレー出すのはなんや恥ずかしいけど、猛広くん、『しまなみ』のレシピをつくり変えるとかなんとかで――」

利信は大熊の顔を見た。どうやら昼食のカレーは、大熊がリクエストしたらしい。大熊は多くのことを口には出さないが、本当はもしかしたら護衛艦『あそ』の銀野調理員長のことも、なにか関係しているのかもしれないと利信は思った。カレーグランプリで入賞することに、陰ながら力を注いでいるのだった。利信は嬉しくなり、大熊のTシャツの袖を無意識に引っ張った。

「なんだよ」

ちゃかすような利信に、大熊が渋面《じゅうめん》をつくる。そのふたりにおかまいなく、義母が口を開いた。

「新玉やったら水分多いからね、あんまり水やらなんやら入れんでいいんやけど。このカレーもね水は一滴も入れてないねんよ」

「どういうことですか？　もう少し詳しく教えて頂けませんか？」

利信は驚き、義母に食い下がった。

「淡路島はね、牛乳もおいしいんよ。このカレーには、水の代わりに牛乳使てるんよ。私はただの主婦やからそんな偉そうなこと言われへんけど、カレーはやっぱりコクにあると思うんよ。コクとか甘味。それを出そう思たら、お肉とお野菜をじっくり煮込まなあかん。

うちはバターで牛スジを炒めて使てるの。よりいっそう味に深みみたいな――なんか、私の独演会みたいになってしもたわ」

義母はアハハと笑った。

「大熊さん！　聞きました!?　これはすごいカレーになりますよ！　うちの艦でもこのカレーを――」

「こんなに牛乳と牛スジ使ったら、予算オーバーするだろ」

大熊にそう言われた利信は、「そうか」と納得した。利信は義母がつくったゴロゴロ牛スジが入ったカレーをすべて平らげた上に、おかわりまで頂戴した。


夕方に残りの畑の玉ねぎを掘り、風呂に入ると、昨夜より早く宴がはじまった。

大熊が持ってきた化粧箱入りの千福の大吟醸は、もう数センチほどしか残っていない。

大熊もかなり酒が回り、目がうつろになっている。

今日はまだ馬力の残っている義父が、不意に口を開いた。

「猛広くん、あのな――」

義父に名前を呼ばれた大熊が、キリッと背筋を伸ばす。

「こうやってたまねぎ畑手伝ってくれて、娘の法事にきてくれるのは有り難いんやけど、猛広くんはまだ若いんやから、第二の人生、しっかり歩まなあかんのやで」

利信は箸を持ったまま、大熊の顔を見上げるが、大熊は酔いが醒めたかのように険しい表情をしている。

「義理の関係の僕が言うんはおかしな話やけど、自分の幸せを考えてもええんや。猛広くんは——」

義父はノドを詰まらせた。

「僕もな、できるもんなら娘に会いたい……。事故が起きる瞬間まで、時間を巻き戻したい……。でもな、でももう二度と会えんのや……。そう思うと、辛い……。あのときからまるで、時間が止まってしもたみたいでな」

義父は目元をまっ赤に染めている。

「利信くん、猛広くんはなあ、ほんまにいままで、ようしてくれたんや……。娘もおらんのに、毎年こないして手伝ってくれてなあ……。僕のほんまの息子みたいで……。ほんまの息子や思うからこそ、幸せになってほしいんや」

義父は座り直し、太ももに手を突き、深く頭を下げた。

「お義父さん、止めて下さい……」

「利信くん、猛広くんのこと頼んます……!」

「あ、えっと……よろしくお願い致します」

利信は義父と同じように正座をし、手を突いた。

酔いが回った割には、利信の頭ははっきりとしている。大熊に向けられた深い愛情と思いやりが、まるで利信の胸まで染み込んでいくようだった。大熊のことを本当の息子のように気にかけるふたりを前に、呉へ戻っても大熊を支える、大熊の力になることを決意したのだった。

翌日、奥さんの法要で夜まで残る大熊を残し、利信はひとりで先に帰ることになってた。「呉まで送ってやれずに悪いな」と言いながら、大熊は姫路駅《ひめじ》まで車を出してくれることになった。別れ際、法要の準備で忙しいはずの大熊の義父と義母が、玄関先でいつまでも手を振ってくれていた。

道中で、昨日積んだ玉ねぎの苦そうな臭いが車内に充満しており、すべての窓を開けて車を走らせた。

海沿いを、大熊が車を走らせている。海から吹いてくる潮風を心地よく感じると、呉の街がふと恋しく思えた。

「天気もいいし、ドライブ気持ちいいっすねー！」

「ああー！」

風音が耳を掠めて行くので、利信の声が大きくなる。

「なんか、呉が恋しくなりましたよー！」

「お前ももう、一人前の呉の男になったってことだなあ！」

「いえー！　まだまだ半人前です！　玉ねぎ引っこ抜いて、尻餅ついてますからー！」

そのとき、大熊が歯を見せて笑った。初めて見た大熊の笑顔だった。利信はなんだか嬉しくなり、サイドミラーに映る自分の姿に、微笑みかけた。

「来年は、野々宮さんと知美も誘いませんか！」

「あいつらは来ねえだろーよー！」

「俺が誘いますから！」

「来ねえよ！」

「来たらどうします？　来年、野々宮さんと知美が来たら、大熊さん、どうします？」

「『しまなみ』の甲板で逆立ちして歩いてやるよー！」

「言いましたねー！　俺、来年は野々宮さんと知美さんに声をかけますからねー！」

大熊の横顔が少し緩んだ気がした。

姫路駅に着く頃には、大熊とのしばしの別れが、どうも惜しいのだ。来週には出港するし、港を出てしまえば嫌でも同じ時を過ごす。

それなのに、いまここで大熊と別れることが、利信はどうも惜しいのだった。

「大熊さんも、明日奥さんの法要なのに、ここまで送って貰ってすいません」

「トッチ、ありがとうな。気をつけて、呉まで帰れよ」

そういうと、大熊は後ろを向いたまま、利信に手を振った。

「大熊さん！　ありがとうございました！」

背を向けた大熊にはけっして見えない筈なのに、それでも利信は大熊に手を振り続けた。

その日の夕方、マルグリットには大きな宅配便が届けられた。伝票に印鑑を押し箱を受け取ると、友理恵はあまりの重さによろめいた。

「おっと！」

よろよろしながら入り口のマットの横に置くと、ドスンと音がする。友理恵はドキドキと高鳴る胸に希望を馳《は》せながら、段ボールにカッターの刃を入れていく。

ちょうどいい具合に切り込みが入ると、友理恵は細い腕を箱の中に突っ込み、勢いよく蓋を開けた。

すると、中からは新しいたまねぎの香りが滲み出してきた。

「まあ立派な玉ねぎ！」

箱の端の方には、利信からの手紙が添えられていた。

『友理恵さん、こんにちは。俺は、急遽淡路島まで来ました。俺はまだ友理恵さんみたいに誰かの居場所になるほどの器はないけど、誰かのためになにかができる、ってなんとなくいいなあ、って今回の旅を通して思いました。結局、誰かのためっていうのは、自分のためでもあって、なんか書いてる途中でよくわかんなくなってしまったけど、とにかくお土産話持って帰るので、淡路島の甘くておいしい玉ねぎをご賞味ください』

友理恵は手紙を最後の行まで読み切ると、にっこりと微笑んだ。

「輪が広がっていってる……」

そう呟くと、玉ねぎを持てるだけ手にし、キッチンへ一段上がった。

第六波　荒波に乗り、佐世保へ

七月も後半のある夜、利信はアパートへ帰るとさっさとランニングウェアに着替えた。出港前にひと汗かこうとランニングに出かけることにした。エントランスでウォーミングアップをすると、山の麓を目指し、呉の夜の街を駆け抜けて行く。

じいちゃんの家の前を通ると、いつもの自転車が止められている。無事、家に帰っていることを確認すると、利信は胸を撫で下ろした。

心拍数が上がり、息も絶え絶えになり、額からはダラダラと汗が流れ出る。流れ落ちる汗が目に入って滲みると、利信は固く目を瞑《つむ》った。

足が重くなり、交差点でひと休みした。前方から走ってきた自衛官らしい男とすれちがうと、利信はなんとなく頭をペコリと下げた。

向こうも軽く会釈するのだが、ペースをまったく乱すことなく走り続けている。彼の背中が見えなくなると、交差点で立ち止まった自分はどうも負けた気がして、利信は肩をぐるりと回すと、全速力で長迫《ながさこ》公園を目指した。

呉の街並みを見渡せる展望台で、利信はふと足を止めた。

ここは旧海軍墓地であり、激動の時代を逞しく生き、祖国を護るため命を捧げた英霊の魂が眠る場所なのだ。あんちゃんやじいちゃんが、小さな利信の手を引き通った思い出の場所でもある。幼い頃から長迫公園を駆け回っていた思い出から、怖いと感じることはない。

利信は肩に掛けたタオルで、滴る汗を拭った。ありったけの力を振り絞り坂道を登りきったせいで、まだ呼吸が荒く、肩で息をしている。

近くの自販機で買ったスポーツ飲料をがぶ飲みすると、利信は大きく深呼吸をした。

夜の呉の街は、美しい。ゆらゆらと優しい灯りが、港の方まで続いている。心地よい夜風が頬を掠めると、利信は目を細めた。夏の虫たちのリズミカルな合唱が、利信の耳に木《こ》霊《だま》している。

この街は、数回に及ぶ空襲を受け、当時は母港としての機能を果たせなくなったと言われている。そんな悲しい時代を生きた英霊が見た景色は、どれほど残酷だっただろうか。命を代償に、若くして逝った彼らが遺した眼下に広がる平穏は、たったいまを生きる自分の通過点である。戦争を知らない利信は、この地に立ったとき、己の存在の小ささを知らされた気がするのだ。

ここへ登ってくると、基地の辺りを臨んでは、見える筈もない自分の艦の居場所を探すのだった。

「あ、そういえば、川原さんたしか出港してんだっけな」

つい数日前に、以前に利信が乗船していた掃海艇が呉港をあとにした。もういないとわかっていながら、やはり、つい桟橋の方を見つめてしまう。

利信が乗船していた掃海艇、それは、乗員がたった四、五十人ほどしかいなかった。当時の調理員も、利信を含めたったふたりだった。利信のふた回り近く年上の川原という一曹は、たいそう人望の厚い男だった。

乗員が少ないということもあって、乗員全員の名前と顔を覚えていた。そして、川原は一人ひとりの好み、アレルギーまでも把握していたのだ。

入隊したての頃から世話になった。半分に切ったメークインをバジルとバター、塩胡椒で味付けしたメニューを石鹸ポテトと名付けるなど、ちょっとした新メニューを考える達人でもある。

豪快だが情が深く、味覚に関しては敏感な舌を持つ。流行を察知するのが早い上に、ユニークなセンスを持ち合わせている。

一度、出港中に熱を出した乗員がいた。寄港するまで時間がかかることもあり、即座に専門家による手当てができない状況に置かれたとき、川原は寒気と節々の痛みに悶絶《もんぜつ》する乗員のために、厨房に立ったのだ。

昼食も、夕食もいっさい口にできず、脂汗を流しながら狭いベッドで唸《うな》っていた。もと もと彼は胃腸が弱い乗員だと知っていた川原は、「あの子はすきっ腹に薬飲ましたらいかん」と、年下の補給長に提言し、わざわざ粥《かゆ》をつくってやったのだ。

梅干しと卵を入れた素朴な粥だった。乗員は八割ほど平らげ、服薬すると、スヤスヤと眠りに就いたのだった。

騒ぎに気づき、その様子を窺っていた利信は、川原の柔軟な応急措置に胸が熱くなったのを覚えている。

そんな川原に言われたことがある。

「トッチ、船はな家と思え。乗員は家族と思え。それからな、調理員は母と思え」

利信の物心がついた頃から父親は、単身赴任により家にいることは少なかった。父親の背中を見て育ったとは言い切れなかったが、利信の周りには完璧とまでは言わずとも父親の代わりとなる存在がいた。

「この世に生まれた人、みんなに必ず母ちゃんがおるやろ？　母ちゃんいうんはな、家族の中の太陽なんや。そりゃ、中には母ちゃんがおらん家もあるんやろうけど、必ず誰かが母ちゃんの役目をしてる筈なんよ。太陽がなかったら前も見えんし、野菜も育たん。母ちゃんいうんは、家族の心をピカーっと照らすんよ。それは調理員であっても同じ。それに、出港したら、楽しみは風呂と飯しかないからな。まずい飯や食えん飯は出せん。母ちゃんが、旨い飯をつくらんと」

持論を持つ川原は、煮炊きものをするとき、決まってホクホクする蒸気でメガネを曇らせていたものだった。

「川原さん！」

と、利信が呼びかけると、曇ったメガネのまま、「はいよっ！」と威勢よく返事する川原の姿が目に浮かぶ。

『しまなみ』よりも人間関係が密になっていた小さな掃海艇の中で、川原は利信に多くのことを教え、頭で考えさせた。じいちゃんだけでなく、あんちゃん、そして川原が、いまの利信の人格を育てたとも言える。

不足していることを、満たされないと嘆くのではなく、目の前にある境遇の中から充足感を見出すことが大切なのだ。

利信の愚直《ぐちょく》で無垢、純真さの中にある強さと謙虚さが、見えない糸により満ち足りる術を引き寄せているのかもしれない。

いまの利信にとって、『しまなみ』の調理室で、隙間を埋める充足感を探し当てることは、けっして容易ではなかった。転属直後の気に食わない人間関係や環境を、他人のせいにして嘆いていた頃の自分はまだまだ甘かったと気がついた。腹の底から滾《たぎ》るようなエネルギーが沸々《ふつふつ》と漲《みなぎ》ってくるような気がする。

「よし!」

明日からの初めての出港で、頭の中が少し曇りそうになるのを振り切るように、利信は気合いを入れ直した。手首足首を数回回し、屈伸すると、再び夜の街を全速力で駆けて行った。

翌朝、利信は出港に向けた荷物を肩にかけ自転車に跨がり、うまくバランスをとりながら基地へと向かった。

「トッチ、おはよー」

栈橋で利信の背後から声をかけてきたのは野々宮だった。

「野々宮さん、おはようございます」

野々宮は不思議そうに利信の荷物をジロジロと見ている。

「お前、なんでそんなに荷物が多いんだ？」

野々宮のボストンは利信よりもひと回りもふた回りも小さく、カバンの中で荷物がガサガサと動くほど空いている。

「え？　洗濯できなかったら、着替えが沢山いるじゃないですか？」

「ああ。この艦、真水管制《まみずかんせい》かからないよ」

「え⁉」

咄嗟の利信の声量に、同じ艦に向かう他のウェーブたちがクスクスと笑いながら過ぎていった。

造水装置によってつくり出される真水の量が少ない艦は、水の使用を制限されてしまうのだ。出港中に真水管制の号令が出ると、その間は入浴どころか、いっさい洗濯ができなくなる。

利信が乗船していた掃海艇は旧式の船だったため、しばしば制限がかかることが多かったのだ。

「『しまなみ』は、洗濯機が空いてたらいつでも使っていいんだよ。そんなに荷物を詰めなくても、いいのに」

「野々宮さん、言って下さいよ……」

「え？　俺かよ！　すまん！　俺、でかい艦以外、乗ったことねえんだもん！」

口先では謝っているものの、野々宮は腹を抱えて大笑いしている。

「ああ、もう……マジかよー……。俺、わざわざ靴下買い足しに行ったのに……！」

利信は抱えている荷物が、途端に重くなった気がした。それでなくとも、艦のロッカーは狭いのに、利信は初めての『しまなみ』での出港の出鼻をくじかれた気がした。

ノロノロと艦に向かって歩いていると、後ろから知美が手を振りながら走ってきた。知美もボストンを抱えているが、野々宮より少し大きいくらいだ。

「トッチさーん！　野々宮さーん！　おはようございます！　いよいよ出港ですねー！

トッチさん、浮かない顔して、どうしたんですか？」

「知美、おはよう。いや、なんでもないよ。知美が元気そうでよかった」

ついこの間彼氏と大喧嘩したはずの知美は、揚々《ようよう》としている。

「そうなんですぅー！　昨日、彼氏と電話してー、そしたら佐世保はいまいる基地から近いから、もしかしたら一日くらい会えるかもしれなくてー。あれ？　トッチさん、荷物多くないですか？」

野々宮は利信のボストンを指さし、まだ笑っている。

「知美、聞かないでくれ……」

利信がそう告げると、野々宮は我慢できなくなり、またゲラゲラと笑いはじめた。

雲の切れ目からは朝日が差し込み、波は穏やかに寄せては返す。夏の温かい風がそよぐと、甲板に立つ乗員の額にはじっとりと汗が滲んでいた。

小柄な『しまなみ』の艦長も、今日ばかりは堂々と昂然《こうぜん》たる品格を漂わせている。

定刻になると、出港用意の軽快なラッパの音色が艦に響き渡る。リズミカルなホイッスルの音が鳴り響くと、岸壁にかけられた最後のロープが陸にいる隊員によって手放された。

艦は面舵《おもかじ》を取り、船首がゆっくりと右に傾きはじめる。

護衛艦『しまなみ』は全乗員を乗せ、桟橋から離れると、沖を目指し進みはじめた。

穏やかな波が、船底を押すようにゆっくり進むと、吠えるような汽笛が桟橋に、港に、そして呉を囲む峰へと響き渡った。

揺れを体感することはあまりない。

調理室では、食事の下準備に調理員たちは動き回っている。

「出港しちゃったなあ」

知美は夕食の米をゴシゴシと研いでいた。

「出港上等だろ」

そう言うと野々宮は、右の拳で胸の辺りをポンポンと叩いた。

「今日の夜は、揚げ餃子と蓮根きんぴら、ポテトグラタン――あ、じゃがいも取って来ないと」

利信は献立予定表の前に立っている。

「そしたら、取りに行こうぜ。大熊さん、トッチと貯糧品庫に行ってきます」

更衣室にいる大熊に野々宮が声を掛けたのだが、大熊はPCを前に、虚ろな顔をしている。

ラッタルを上がったところで、野々宮が足を止めた。

「なあ、大熊さん、なんか様子おかしくね？」

「あ、はい。なんかボーっとしてる、って言うか。いつもの大熊さんの勢いがないですよ
ね」

利信は、心当たりがあった。大熊と一緒に淡路島へ帰省したときに、亡くした奥さんの
父親に言われた言葉を思い出す。

「法事もあったし、奥さんのこと思い出してらっしゃるとか……？」

利信は言い出しにくそうに、口を開く。

「もしかしたら聞いてるかもしれないけど、大熊さんの奥さんが亡くなったのって、不慮
の事故だったんだ」

利信は大熊の義母から聞いたことを思い出した。しかしそれ以上のことは、必要があれ
ば大熊自身が話してくれるだろう、と思い聞かずにいたのだった。

「――だから、トッチが言うことも、まんざら外れてないかもな。出港したばっかなのに

た。

「大丈夫かよー」

そう言うと、野々宮は貯糧品庫の取っ手をぐるんと回し扉を開けると、中へ入っていった。

利信は大熊のことを思い、ぼんやりと入り口の外で突っ立っている。

「おい、ボケっとしてると、また火傷してもしらねえからな。トッチは二箱持ってけよ」

野々宮はおかまいなしに、利信が抱えたじゃがいもの箱の上に、もう一箱ドスンと置いた。

「おっと！　重いっすよ！」

利信はフラフラしつつもバランスを保ちながら、調理室へと戻っていった。

ポテトグラタン用のじゃがいもを、知美が剝き続けて一時間ほど経ったときだった。大熊は蓮根のきんぴらを大釜で炊き、木べらで漕ぐようにかき混ぜている。ふと、大熊の手から木べらが離れ、具の一部が床へと散らばったのだ。

「大熊さん、大丈夫ですか？」

慌てて知美が大熊の元へと駆け寄る。

「ああ……。ちょっとぼうっとしてて
な……」

知美が大熊の顔色を横目で見ながら、キッチンペーパーで床を片付ける。

「悪い……」

大熊はそう言うと、再び蓮根きんぴらの釜の中を漕ぎはじめた。

調理室はできたての甘辛いきんぴらの煮汁の香りが漂っている。ふっくらと炊き上がった白米をしゃもじで蒸らしている。

「知美ー、今日の米、超いい感じに炊けてるー」

「ホントですか！」

知美は、巨大なコンベクションの中へ、焼き目をつけるために、ポテトグラタンを並べながら野々宮の方を向いた。

「トッチさん、聞きました？　いまの野々宮さんの――」

そのとき、フライヤーの前で、揚げ餃子を油から引き上げようとした大熊の巨漢がぐらりと揺れ、そのまま尻餅をついた。

「大熊さん！」

利信が慌てて駆け寄ると、大熊の顔は青ざめており、ときおり小刻みに震えている。大熊は立ち上がろうと、壁を伝い重い体を持ち上げるも、足元がどうもおぼつかない。

「知美！」

利信の思いが伝わったかのように、知美の体が動いた。

「私、看護長呼んで来ます！」

いつも威勢がよく、けんかっ早い大熊からは想像すらできない姿だった。体温計で検温すると、三十九度近く熱があり、大熊は調理室をあとにすることになった。

大熊は調理室を去り際に、「すまん……」とボソリ呟いた。シニカルな言葉が返って来ないことがむしろ、事の異常さを知らしめているように思える。

「大熊さん、高熱出してるのに、きっと、俺たちに迷惑かけないように——」

利信と知美の肩を野々宮がポンと叩いた。

「大丈夫だって。あんまりぼんやりしてたら、飯出す時間、どんどん遅れるぞ」

「あ、はい！」

野々宮は前髪をサッと掻き上げると、自分の頬をパシっと叩いた。

フライヤーで、残り百五十人分の餃子を揚げるのには、少なくとも三十分はかかる。時計はもう十五時半を指しており、利信が大熊に代わって揚げはじめた。

大火傷をしてから、フライヤーに立つことを避けていた利信。

野々宮が気を利かせて「大丈夫か？」と声をかけるが、利信は大きく頷き、臆することなく餃子を油の海へと沈めていく。

たった三人で調理室を回すために、緊張感と集中力をそれまで以上にフル稼働させた。

野々宮は、疲労困憊《ひろうこんぱい》している知美と利信を先に食事に送り出した。

利信が知美と一緒に食事を終え、名前が張り出された喫食札《きっしょくふだ》が掲げられたボードを見ると、大熊は食べていない。

食事を終えた者は青の札を赤へと変えるのだが、大熊の札は青色のままだった。

栄養価の計算や在庫確認、そして一食当たりの食費の算定を終えた野々宮が、更衣室から出てきた。

「糧食《りょうしょく》事務完了。俺もようやく、大熊さんからひとり立ちだな」

「お疲れ様です。野々宮さん、晩飯行ってくださいね」

「おう」

「大熊さん、まだ晩飯食べてないみたいなんで、俺ちょっと様子見てきます。知美、後片付けは、帰ってきたら、一緒に手伝うから無理しなくていいよ」

知美はオッケーというように、親指を立てた。

利信が大熊の居住区へ、足音を立てないように近づく。大熊の名前を確認すると、利信は二段ベッドの上段部にある大熊の居住スペースのカーテンを覗き込んだ。

大熊は悪寒がするのか、ときおり腕の関節をさすっている。利信はそっと居住区を出て、保管庫へと向かった。

調理室では知美が長靴の底を鳴らしながら、大釜を洗っているところだった。

「野々宮さん、夕食に行きましたよ。大熊さん、どうでした？」

「かなり、苦しそうだった。まだ熱が高いんじゃないかな」

利信は貯糧品庫からくすねて来た卵をボウルに割っている。

「トッチさん、いまからなにをはじめるんですか？」

知美が不思議そうにボウルを覗き込んでいる。

「大熊さん、飯食ってないみたいだから、卵粥でも、って思って。だって、同じ艦に住む家族だろ？　俺、知美と同じで少人数分の料理は下手だから失敗するかも」

利信は半分笑いながら冗談を言うのだが、知美はにわかに黙ってしまった。

「ごめん……、俺ちょっと言い過ぎたかな……」

「いえ……。トッチさん、素敵すぎます……。私も、彼氏が熱出したときは、おいしい卵粥でもつくれるようにならなきゃ……」

知美は利信の大熊に対する愛を感じ、なにかを悟ったのか、黙りこくったまま釜や木べらを洗い流していた。

しばらくすると、味噌汁用のお椀に卵粥を入れ、ソロリソロリとした足取りで、利信は大熊の居住区に足を運んだ。

数名の乗員が不思議そうな目で利信を見つめるも、それに気がつかないように、すりぬけた。

大熊のベッドのカーテンをそおっと利信が開ける。

「……大熊さん？」

利信が小さな声で名前を呼ぶと、熊のような巨漢がノソノソと寝返りを打つ。

「ああ？　野々宮は、糧食事務ちゃんとやってんだろうな」

「はい。ちゃんと大熊さんの代わりにしてくれました。いま、知美と後片付けしてるんですけど」

大熊は声を出すのも辛そうで、わかったもういい、と言わんばかりに目をつぶったまま首を振っている。

「大熊さん、晩ご飯食べてないですよね……？」

「晩飯？　俺は要らねえよ……」

「大熊さん……、あのう……」

利信は大熊の態度を窺うように、上目遣いになりながら粥の入ったお椀を差し出す。大熊は、大きくため息をついた。

「お前さ……。俺が熱出したからって、そうやって依怙贔屓《えこひいき》みたいなことしてたら、他の隊員に示しがつかないだろ……」

「依怙贔屓じゃないですよ……早く大熊さんに元気になって貰いたくて……」

「いちいちお粥なんかつくったりして、十人熱出したらどうすんだよ……」

大熊はまっ青な顔をしながら天井を見上げ、額に手をやり巨体をブルブルと震わせている。

「……十人分つくります」

「はあ……？」

「十人分つくりますよ！　百人だったら百人分！　当たり前じゃないですか！　どうせ、食べられないものつくったって、結局海に垂れ流すだけじゃないですか……。熱出して、唸りながら苦しんでるのに、大熊さんじゃなくても、野々宮さんでも、知美でもつくりますよ」

大熊は黙ったまま、利信の顔を見つめていた。

「それに、空きっ腹に解熱剤とか飲むの、胃にあんまり――」

「わかったわかった……。食うよ」

「俺に任せて下さいとは言えないけど、ちゃんと野々宮さんの補佐、しますから」

大熊はゆっくりと、カーテンから顔を出し、ベッドから下りた。

「じゃあ、また俺、お椀取りに来ますんで、大熊さんは休んでいて下さい……。失礼します」

利信は一礼すると、再び調理室へと向かった。

熱を出しながらも給養の仕事を心配する大熊の責任感の強さに、利信は胸を打たれ、ふと呟いた。

「俺、いまの艦で母ちゃんになれるのかな……」

利信は呟いた言葉を掻き消すように、早足でラッタルを下りていった。

穏やかな海だ。白波も立たず、柔らかい朝日が水面に映り、キラキラと輝く光が眩しい。海上にそよぐ潮風は涼しく、遠くで飛び回っているかもめの鳴き声も耳に心地好い。出港から二日、『しまなみ』は佐世保港へ入港しようとしていた。

港町である佐世保は、どこか呉にも似ている。山の麓《ふもと》の方まで民家や建物が広がり、神聖な山が見守るように湾を見下ろしているのだ。

甲板で、朝の準備運動を終えた利信と野々宮は、港を望み、目を細めた。

「野々宮さん、間もなく入港ですね。大熊さんも大事にならなくてよかった」

「そうだな！　ああ、俺の故郷だー！」

そう言う野々宮の言葉に釣られて、利信の口からも九州弁が零れる。

「会いたかったばいー！　旨いもんば、食いたかー」

「あれ？　トッチ、故郷どこだよ」

「自分は、鹿児島やけん」

「言えよー！」

「すいません……」

利信は照れたように、頭をガシガシと摩《さす》った。

「トッチ、佐世保に上陸したら、旨いもん食いに行こうぜ」

「いいですねー！」

「トッチなに食いたい？　俺は肉が食いたいな」

「俺も！　野々宮さん、レモンステーキ連れてって下さいよ！」

「ああ、あれな」

野々宮は利信の顔を人差し指で差した。

「楽しみー！　前にも佐世保に寄港したこと結構あるのに、全然観光とかできなくて」

「もっと早く言えよ！　真水管制もそうだし、お前、肝心なことはいつも直前になって言いすぎじゃね？」

野々宮にズバリと言い当てられた利信は、苦笑いをしながらこめかみを数回掻いた。

「お前、俺んち泊まる？　俺、明日、休み貰ってるんだ。実家が佐世保だし」

「え？　いいんですか？　でも、俺許可下りるかな？」

「補給日は明後日だし、食数も減るし、なんとかなるんじゃね？」

野々宮の提案どおり、補給長から運よく休みを貰えた利信は、事前に申請するようにと指導を受けたものの、野々宮と一緒に下船することが許された。

夕食後の清掃を終えると、土地勘もなく、右も左もわからない利信は、野々宮に引っ張られるままあとをついていった。

店の終了間際に、ようやく利信お目当ての店に入ることができた。

「レモンステーキふたつ」

野々宮は席につくなり、さっそくこの店の名物をオーダーした。

「ここのソースは醬油ベースで、飯と一緒に食うのがめちゃめちゃ旨いんだよ」

「レモンステーキってネーミングもいいですよね。爽快な感じ」

「やっぱネーミングって大事なんだよな」

「そうだ、カレーグランプリに出すカレーの名前、決めないといけないんだろ？　トッチなんか考えたのか？」

話をしている途中で、手早くサラダとスープが運ばれてきた。

「このお店、めちゃめちゃ手際いいですね！」

「俺たちも見習わないとだな」

「ですよね。人員が足りない分、もっと手際よく、手間を省いて、それから時短かな」

利信が胸を弾ませているところで、ついいましがたオーダーしたレモンステーキが運ばれてきた。ものの数分で、熱々に熱した鉄板が音を立ててやって来たのだ。

「はえーっ！」

利信は、驚きの声をあげると共に、慌てて紙エプロンを頭から被った。

「そんな、女の子みたいにエプロンなんかせんでもよかばい」

野々宮は利信にそう言うと、前のめりになりながら、箸をパキンと折る。

「いただきます」

ふたりが手を合わせると、鉄板の上で蒸発するソースの、なんとも香ばしい香りが漂ってきた。

「うま！」

一番に声をあげたのは、利信だった。

「サッパリして、旨いな」

「旨いですね。さっきのネーミングの話ですけど、もともとの『しまなみ』のレシピで行くと、コクとか深みとか、そういう感じの入れませんか？」

「あー、『しまなみ』コク深いまろやかなんとか——みたいな感じ？」

「あ、そんな感じです！」

「前もって肉とかたまねぎ焼いておいたり、出汁とったり下準備が大変だよな。レシピどおりつくるのなんか、マジでやってられねえよ」

「んん。野々宮さん、それいい方法を聞いたんですよ」

利信はレモンステーキとご飯を口いっぱいに頬張っており、なかなかうまく話せない。

「玉ねぎをカッターでみじん切りにするじゃないですか？　それをそのまま冷凍しておくんです。冷凍庫は広いから置いてても邪魔にならないし」

「なるほど！　そしたら水が出るし、飴色になりやすくなるのか！」

利信は再び口いっぱいに飯を頬張る。

「んん。そうなんですよ。鍋で解凍しながらにんじんのみじん切りを入れたらかなり早くつくれるみたいなんでやってみませんか？」

「おお！　それやろうぜ！」

「あとは出汁ですね。釜が使えなくなるから、夕食つくり終えたあとにしないといけないのが――」

「いまはそんなこと忘れてさっさと食う！　鉄板が冷めちまうぞ！」

「はーい」

そして利信たちは、あっという間にステーキ皿の肉をすべて平らげた。野々宮が利信の分も合わせて会計を済ませ、足早に立ち去った。

「野々宮さん、ごちそうさまです。ありがとうございました」

「めちゃめちゃ早くて、旨かったなー！」

ふと利信が腕時計を見ると、店に入ってからまだ十数分しか経っていなかった。

「野々宮さん、佐世保には旨いもんがいっぱいあるとですよ。俺、もう一軒行きたい店があって——」

「いま食ったばっかりだろ！」

「野々宮さん、俺たち男ですよ？　まだまだ食えますって！　夜開いてるお店もたくさんあるし！」

そう言うと、利信は野々宮の腕を引っ張り、駅の方へと向かっていった。

利信が向かった先は、長崎チャンポンで有名な店だった。看板を見上げた野々宮が、大きく深呼吸をする。

「さっき腹いっぱい食ったところなのに、今度は麺類かよ！　余計に腹が膨れて——」

ブツブツと文句を言う野々宮の背中を押すように、店の暖簾《のれん》をくぐった。

魚介類だけでなく、肉や野菜などから取った白濁《はくだく》の出汁に、溢れんばかりの具が盛り付けられている。やや太めの麺と絡み合うと、口の中で濃厚な出汁の風味が広がった。

「野々宮さん、どうですか？　このチャンポンのコク、やっぱり煮込まれた出汁と、豚バラ肉がポイントですよね」

「うん、もちろんカレーに使われる具とは種類が若干ちがうだろうけど、煮込んだ時間が要になるのかもな。やっぱカレーに使う牛肉と豚肉とコクの感じがちがうな。あー、旨い」

「野々宮さん、ブツブツ言ってた割に、結構箸が進んでませんか？」

「うるせえ！」

そう言うと、野々宮は利信の額を小突いた。

「トッチが初めて『しまなみ』のカレー食ったとき、ルウの色が結構濃かったろ？」

たしかに一番最初に食べたときのカレーはルウの色が濃く、辛味も強く、しょっぱかった。

「市販のカレールウって結構色が濃いんだよな。ルウの力を信じ切って多めに入れたんだけど、あれは煮込みが足りなかったんだと思うよ。前回のカレーはホワイトソースも入れて調整したし、辛さが和らいだのかもな」

「限られた予算枠を超えられないし、人員不足で余力もないし、手間がかかるし——」

「トッチがそんなこと言うと、艦に戻るの嫌になってきたじゃねえかー」

ぼんやりと遠くを見上げていた利信の顔がハッとして我に返った。


電車を乗り継ぎ、利信たちは中里《なかざと》という駅で降り、比較的新興の住宅街を抜けて行く。家から漏れ出る灯りが夜道を照らした。野々宮の実家はその町にあった。

野々宮と夕食グルメを楽しんでいたため、家へ着くと野々宮の母親が夕食の代わりに長崎名物のカステラを出してくれた。

腹がはち切れんばかりに食べて来たのにも関わらず、甘党の野々宮はふた切れをペロリと平らげたのだった。

しばらくして、風呂からあがると、野々宮の母親が和室に野々宮の分と並べて布団を敷いてくれていたのだ。

腹いっぱいの利信は、クーラーの効いた部屋で大の字に寝転がった。

野々宮は照明のリモコンをピッと押す。

「もう電気消すからな」

「はーい。旨いもん食って、風呂に入れて貰って、こんな床の間ある客間で寝かせて貰えるって幸せだな」

「なに、年寄り染みたこと言ってんだよ」

野々宮も利信と同じように、布団の上で大の字になった。

会話が途切れると、夏の虫の鳴き声が響き渡っている。そんな、静かな夜だった。

「トッチ」

「はい？」

「お前は優しいよ」

「え？」

「大熊さんのことだよ。俺、『しまなみ』に転属してきた当初、大熊さんが暴力沙汰《ざた》でも起こして、さっさと艦から降りればいいのに、って思ってた。辞めちまえ、って。なのに、お前、全部庇うんだもん。うちの艦に来た当日で、まだ人間関係ですら、できてねえのに。

すみません！　俺が悪いんです、って」

「あ、あれは――」

利信は気まずそうに口を開いた。

「それに、大熊さんの奥さんの実家までついていって玉ねぎ掘り起こしたり、出港中に卵粥までつくってて。大熊さん、きっと嬉しかったと思う」

「だと、いいんですけどね」

「でも大熊さんにばっか好かれててもしょうがないぞ。ところでトッチは？　最近、いい出会いとかねえのかよ？」

「ないんですよね。野々宮さんは？」

利信は野々宮の方へ首を傾ける。

「看護師さんとコンパした、とか言ってませんでした？」

「ああ、普通に連絡取ってるよ。土産でも買って帰ろうか、どうしようか、って感じ」

利信はふーん、と言うとまた天井を見上げた。

「元カノとは、連絡とってないの？」

「とってません。もう連絡先も消しちゃったし」

野々宮とも、毎日の業務の中で、自然と打ち解けてそんな話もするようになっていたんだなあと、利信は思った。

「そうか。自分の中でちゃんと整理できてるならいいじゃねえか」

利信は大きくため息をつく。静かな夜のせいで、天井を見上げた野々宮にも十分に聞こえていた。

「別れる直前、お互いだんだん疑心暗鬼になって、信用できなくなって……。俺、納得して自分から別れよう、って言ったのに、ずっと胸の底にあるっていうか。未練っていうのかもしれないいけど。頭ではわかって、納得したつもりだったけど、心があんまりついていかない時期ってのはありましたね。野々宮さんは？」

頭の後ろで手を組んでいた利信が、野々宮の方を見る。

「俺、元嫁が佐世保にいるんだ」

「へっ！」

利信は慌ててガバッと布団から起き上がった。

「元嫁!?　野々宮さん結婚してたんですか！　独身って言ってたから、てっきり……」

「だから離婚して、独身なんだよ」

野々宮は驚く利信の方へ視線をやり、笑っている。

「俺、言ったっけなあ。呉の前は佐世保にいたって。そのときに結婚したんだ」

利信はうつ伏せになり、野々宮の横顔を見つめている。

「俺、本当は調理師専門学校みたいなところに通いたかったんだけど、高校三年のときに、両親が離婚してさ。母さんに迷惑かけられない、って思って。でも、コックになる夢諦められなくてさ。それで、自衛隊に入ったんだ」

「そうだったんですか……」

利信は両腕を合わせた上に、顎を置いている。

「自衛隊の調理員に志願したら、朝、昼、晩と飯食わせて貰えるし、艦に乗ったら手当も付くし、いろんなところに行けるだろ？　その上、調理師学校に行かなくても、料理のイロハを教えて貰える、って聞いて。俺、やっぱ料理するの、好きなんだ」

利信は、野々宮の方を向くと彼は天井の一点を見つめている。

「俺たち、お互い食に興味があったし、本当は自衛隊をさっさと辞めて、自分の店を持ちたかったんだ。元嫁とも、一緒にレストランはじめようって、夢描いてたんだけど……借金して、佐世保で店出そうって勇気が俺にはなかったんだよ……」

野々宮の声が、少し震えているように聞こえた。

「佐世保って生まれ故郷なんだけど、元嫁が喫茶店をオープンしたっていうの、聞いて、なんか帰りたくなくてさ。縁はとっくに切れてる筈なのに、でも意識してる、ってことは腐れ縁みたいに繋がってるのかな。連絡ももう取ってないからおめでとう、っていきなり言うのも変だろ。俺って、本当に臆病なんだよ。俺、自分の性格が嫌なんだ……」

利信は友理恵の言葉を思い出した。

――俺は、いま、野々宮の心の居場所にならないといけない、と。

「野々宮さん、臆病なんかじゃないですよ！」

利信は再び布団から起き上がった。

「臆病な人って言うのは……、その……、あ、自分の弱さを見つめない人ですよ。強がってる人！」

野々宮は利信の方へ体を捩《ねじ》り、肘をついた。

「強がってる人か」

「だって、本当に強い人は元から強いから強がる必要なんかないんですよ。本当に強くないと、弱いフリもできないし。弱い人は弱いから、強いフリができないんですよ。野々宮さんは、自分とちゃんと向き合ってるじゃないですか。そうやって、自分のことを鏡を見るように見つめることができるって、きっと素直で正直な人じゃないと、できないんですよ」

「愚直たれ、ってか？」

総監がモットーにしている言葉であり、利信が目指すものとしている座右の銘でもあるのだ。

「俺、トッチと初めて会ったとき思ったんだ。こいつ、救世主かも、って」

「野々宮さん、やめくださいよ……」

利信はフッと苦笑いした。

「俺、大熊さん、ああいう人だから、いまの職場、ホントに辛かった。調理員って仕事は好きなのに、職場が辛いって思う日もあって。結局、俺は辞める勇気もなくて。ああ、やっぱ弱い人間じゃねえか」

野々宮は天井を見上げ、自虐的にフッと笑う。

「大熊さんって、本当は優しさを知っている人なんだよ」

利信は野々宮の方を見る。

「理不尽な人だな、って思うこともあったけど、本当は大熊さんが、一番理不尽な目に遭ってことだよな」

「はい。本当にお辛い思いをなさったんだと思います、きっと、まだ奥さんを亡くされたことを受け入れられなくて、その傷が痛むんじゃないかな……」

「そうか。もう少し、その弱み、俺たちにも見せてくれたらいいのにな」

「いやー、男ですたい、弱みば見せられんとですよ」

「だよなあ」

利信は野々宮の横に寝転がり、同じように天井を見上げた。

「野々宮さん、俺に元奥さんのこと話してくれて、ありがとうございます」

照れくさいのか、野々宮は鼻で笑った。

翌朝、利信と野々宮は早々に『しまなみ』へと戻って行った。調理室へ向かうと、すでに知美が早番に就いていた。

「野々宮さん、トッチさーん、おはようございます！」

「おはよう！」

着替えた利信たちも溌剌《はつらつ》とした声で、挨拶をした。

「知美も朝から元気だなー！　なんかいいことあったのか？」

「えへー!?　別にぃー！」

利信は、彼氏ですよ、と野々宮に耳打ちした。

「リア充ばっかり！　なんだよ！　ったく！」

大熊が遅れて、不機嫌そうな表情で調理室に入ってくるのを、利信は明るく元気な声で迎え入れた。

「大熊さん！　おはようございます！」

「おう」

大熊の顔色はよくなっており、いつもどおりぶっきらぼうに答えたのだった。

「大熊さん、すっかり元気になったみたいでよかった！」

「ああ」

すっかり体力が回復した大熊は、なにも言わずにそのまま更衣室へと消えた。

「トッチさんのおかげですよ！　今日の早番、ほとんど大熊さんが手伝ってくれたんです！　しかも、ちょっとこっち来てください」

知美に促されるまま貯糧品庫へと向かう。知美は貯糧品庫から繋がる冷凍庫のドアを開けた。

「これ――」

知美が手にした容器にラップがかけられている。

「大熊さん、熱が下がったからって、合間を見てつくっておいてくれたんです」

中にはすでにできあがった飴色たまねぎが入っていた。綺麗な色と艶をしており、調理歴の長い大熊の本気を見せつけられた瞬間だった。

「トッチ……これ完璧だよな」

「完璧ですよね……」

冷凍庫の冷気のせいか、利信は身震いをした。

「出汁は一昨日つくったのを冷凍してあるので、これも一緒に持って行きますね。大熊さん、トッチさんのおかげだ、ってボソっと呟いてましたよ」

知美にそう言われると、利信は照れたように後ろ頭をさすった。

「よかったな、トッチ」

「今日は下準備しないで飴色にならないまんま、たまねぎとにんじんを炒めるしかないな、って思ってたんです。俺も結局、手抜きするところだったなあ……」

今日の昼食はカレーの他に冷凍春巻き、大根とちくわのツナサラダ、デザートにフルーツの缶詰だ。材料を取りに、利信たちは貯糧品庫と調理室を行き来していた。

利信が調理室へ戻り、材料をシンク台で濯いでいるときだった。

利信の足元に、ボートを漕ぐオールほどある木べらが吹っ飛んで来た。

「へっ⁉」

木べらを放り投げた張本人である大熊の方へ視線をやると、チッと舌を鳴らし、腕を組み仁王立ちのままだ。

利信が大熊の表情をおそるおそる窺いながら、木べらを拾おうとしたときだった。

「なんだよ、あいつはよう！　ごちゃごちゃ口出しやがって。補給長でもねえのになあ！」

そう言うと、大熊はシンク台を蹴り上げ、調理室からいなくなった。

大熊の背中が見えなくなったのを確認した知美が、野々宮に詰め寄る。

「野々宮さん！　大熊さん、完全に具合よくなったと言うか、よくなりすぎ!?」

「……びっくりした」

木べらを拾う利信は、よっぽど驚いたのか心臓がバクバクと脈打っている。

「検食簿じゃねえの？」

野々宮の言葉に知美はハッとし、口を大きく開けた。

「昨日の朝食！　また小橋さん？」

昨日の記入担当は、再び小橋だったのだ。

知美のあとを利信と野々宮が追い、三人は検食簿を覗いた。知美が昨日のページをペラペラと捲る。

「あった！　これだ！」

「ん？　なんだこれ……」

覗き込んだ野々宮は、首を傾けたまま、眉間に皺を寄せる。小橋の印鑑が押された検食簿を、野々宮が読み上げた。

「なになに？　ほうれん草のおひたしは、水っぽい上に、茹ですぎ。鶏肉の竜田揚げは衣が多すぎ。けんちん汁は醤油をベースにしたすまし汁であるため、本日のはけんちん汁ではなく根菜の味噌汁という献立名にすべき――ってなんだよ！　これ、悪口じゃねえか！」

知美は口元に手を当て、ボソリと呟いた。

「そう言えば、あの人、鎌倉の出身だって噂で聞いた……！　もう、野々宮さん！　次からけんちん汁は献立から抜きにしましょうよ！」

利信は黙ったまま、検食簿を見つめている。

「おい、トッチ。びっくりし過ぎて、また魂抜けたってか？」

「いえ、小橋さん、いつも的を射たこと言うな、って思って」

「お前！」

「トッチさん！」

野々宮と知美の手のひらが、利信の背中にバシっと命中する。

「それ、絶対大熊さんの前で言うなよ！」

「うーん……はい」

「うーんじゃない！」と、野々宮と知美は声を揃えた。

野々宮と知美は、利信へ鋭い視線を送っている。

「大熊さんにキレられたら、私、お嫁に行けなくなっちゃう顔になるかも……」

「ねえぜ？」

「完全復活、本領発揮の大熊さんだからなあ。独裁政治に逆らうやつは、どうなるか知らねえぜ？」

「やだーっ！」

野々宮が人差し指を立てた。

「ありえるな」


「トッチさんはまだ大熊さんのことわかってないんですよ！　お願いだから、波風立てたりしないで下さい！」

「わ、わかったよ。俺はただ、正直に答えただけで……」

野々宮と知美から責められた利信はバツが悪くなり、肩をすぼめ、小さくなった。

「大熊さんも人間だしさ、検食簿にあんなこと書かれて、平気な訳ないんだと思うんだ。ただ、大熊さんも……あの人、いろいろあるんだよ」

野々宮なりに、大熊の機嫌を損ねないように気を遣っているのが伝わってきた。

「俺、まだ入ったばっかなのに、偉そうなこと言ってすみません……」

「まあ、気にすんなよ。さっさと食材の下ごしらえに取りかかろうぜ」

野々宮はそう言うと調理室へ戻り、細い腕でフルーツの缶詰めが入った箱を台の上へと持ち上げた。

しばらくすると、タバコを吹かしてきたのであろう大熊が調理室へと戻ってきた。煙のにおいを纏い、コンベクションの前で牛肉の焼き加減を見ている利信へと声をかけた。

「いい感じに焼けてるな。できあがったら、窯に入れてくれ」

「大熊さん！　飴色たまねぎ、ありがとうございました！」

「おう」

「時間かかりませんでした？」

「かかったよ。だから、俺はあのレシピでつくりたくないんだ」

大熊の言葉に利信の瞳がキラリと光った。

「実は、短時間でつくる方法が——」

「え、ホント？　どうするんですか？」

知美がタオルで腕を拭き、会話に加わった。

「カッターでみじん切りしたあと、冷凍しておくんだ。さっきみたいに、冷凍庫で保管しておけば調理室での場所もとらないし。みじん切りしたたまねぎを解凍しながら火にかけて、にんじんを入れてしまえば早くできあがるそうなんです。窯で炒めるのは二十分くらいで済むそうで——」

「トッチさん、すご！　それなら、昼食と夕食の準備の間にも窯を使えますよね」

「ふーん。じゃあ、次からそうするか。出汁もとらねえとなんねえしな。トッチも右手が大丈夫なら、米研ぎな」

「はい！」

相変わらず大熊の言動には愛想がないのだが、利信は、大熊の憎らしい態度そのものが彼の愛嬌である気がした。

知美は嬉しそうに肘で利信の脇腹を小突いた。


昼食の片付けが終わると、出港準備の補給作業に乗員全員が借り出された。桟橋から艦上へと横一列に並び、お隣から物資が次々と手渡しされてくる。長崎名物のカステラも食料庫へと搬入されると、野々宮はニヤニヤしながら知美へと手渡しする。

また佐世保を出港すると、楽しみは食べ物と風呂しかないのだ。

「トッチ、在庫確認手伝え」

「はい！」

利信は補給作業の列から退くと、在庫表のファイルを片手に大熊のあとを追った。大熊はひと足早く冷凍庫の中に入り、在庫数を確認している。

冷凍の魚介類や肉類、加工品の数をプリントと照らし合わせている。

「トッチ、数量全部あってるか？」

「はい、合ってます」

作業服の袖をまくり上げたままの利信の息は、冷凍庫の中で白い結晶となっている。

「よし。そしたら、明日の昼食のレシピはトッチ、お前が考えろ」

「ええ!?」

寒さのあまり身を屈めていた利信は、目を丸くして直立不動になっている。

「これだけ食材が補給されたんだから、好きなようにつくれってことだろ？　こんな寒いところでボーッと突っ立てたら、俺みたいに熱出すぞ」

大熊はそう言うと、腕の辺りをさすりながら、冷凍庫から出て行った。

突然のことに動転した利信は、あんちゃんが言っていた「包丁だけはしっかり研いで備えておけ」という言葉の重みを、いまになって痛感したのだった。

調理室へ帰ると、野々宮と知美は野菜の下ごしらえをしている。百七十七人分のカレーをつくるためのじゃがいもの皮を手で剝いていた。

無言で調理室に戻ってきた利信は、ブーンというカッターの音は耳に入ってくるものの、頭の中へは入ってこない。

「トッチー、サラダ用の大根の切り込み隊やってくれない？」

肩をぐるぐると回し、疲れたと言わんばかりの野々宮が、利信へ話しかけたものの、利信の言葉に遮《さえぎ》られることとなった。

「野々宮さん！　俺、明日の献立考えることになった！」

「すご、ついにトッチさんも任せて貰えるようになったんですね。うらやまー！」

知美は羨望《せんぼう》のまなざしを利信に向けながら、手を止めることなくじゃがいもの皮を剝いている。

「野々宮さん！　どうしよう！」

「おいおいおい」

利信はじゃがいもを持ったままの野々宮の腕を引っ張り、更衣室へと入っていった。

「野々宮さん、どうしよう。いきなり明日って、今晩の夕食だってまだなのに！」

「落ち着けよ。そんな難しいことじゃねえから」

野々宮が手に持つじゃがいもを見て、利信はやや冷静さを取り戻した。

「今日の昼はカレーだし、夜はサーモンのグリルだから、明日の昼は肉にするのがよくね？もともとハンバーグにする予定だったから、そのままでいいんじゃねえの？」

「そ、そうですよね……」

「トッチが主導でつくればいいんだよ。サイドメニューは……今日、搬入したばかりのサニーレタスは傷みやすいから、明日中に使う方がいいかも。あとは、そうだな。冷凍シュウマイ、あっただろ？」

親身になってアドバイスをくれる野々宮を、今日ほどありがたいと思ったことはなかった。

「まあ、夕食の用意終わってから考えても大丈夫だって。まあ、とりあえず落ち着こうな？」

「あ、は、はい。今日は大事なカレーの日ですからね」

利信は野々宮に宥められると、深呼吸をした。

「そうそう。前回はヨーグルトとか足りないものも多かったけど、今回は大熊さんが用意してくれてるし。病み上がりの大熊さんのためにも、今日は気合い入れていこうぜ？」

「はい！」

利信は米を研ぎ、知美はフルーツ缶の蓋を、自動オープナーで開けている。野々宮は大根とちくわを切り、マヨネーズとツナで和えている。

大熊はカレーの出汁の中へ具やカレー粉を入れ、発酵させたルウを少量ずつ投入している。調理室だけでなく、通路にもカレーのスパイスの香りが広がった。

釜の中の水面から、グツグツと煮えている様子が見えると、調整用につくったホワイトソースを大熊の指示のとおり、利信は釜へと注いでいく。

大熊が木べらで釜の中を漕ぐと、ルウがまろやかな色合いに変わってきた。

大熊は味見用の小皿を取り自分だけ味見をすると、なにも言わずに首を縦に振っている。

「お前らも味見するんだろ？」

利信たちは待ち望んでいたかのように小皿を取り出し、素早く小皿に取り分けた。

それぞれが顔色を窺いながら口へと運んでいる。そして、「おいしい！」と、調理員全員が口を揃えた。

「大熊さん！　前回よりおいしくなってる！　これ、カレーグランプリでも入賞できますよ！　なあ？　トッチ」

「前足りなかったヨーグルトのせいかな？　よりいっそうコクがでていませんか？」

「うん。これおいしい。私が彼氏につくったカレーより断然おいしいし！　私も同じレシピでつくろっとー」

利信たちは、この日初めて納得のいくカレーを科員食堂に並べることができたのだった。

昼食を食べ終わったあとに野々宮が、明日の昼食百七十七人分をつくって失敗してはシャレにならない、とりあえず試食としてつくってみろ、と利信に言った。

知美と野々宮が調理器具の後片付けをし、大熊が在庫確認をしている。

大熊と話し合った結果、翌日の夕食は予定どおりハンバーグとなった。貯量品庫には今日補給されたデミグラスソースのフレークがあるので、それをソースに使っても予算をオーバーしない。

実際に利信がいままでハンバーグをつくってきた手順で、生地をこね、焼いていくのだが、コンベクションから出すと、どうも型が崩れてしまう。

「なんでだろう……前の掃海艇ではこれで普通につくれたのに、量が変わるとダメなのかな……」

野々宮も知美もどうして具が纏まらないのか、不思議に思っていた。

「なんとなく、トッチさんがカッターにかけた玉ねぎが大きい気がするんですけど？」

「いつもと同じようにカッターでみじん切りにしたんだけどな……」

「たまねぎがちょっとでかくなったくらいで、こんなに崩れてくるか？」

利信は大きくため息をついた。

調理室の入り口で、利信たちの会話を聞いていた大熊が、カッターの主電源を落とし、機械を分解してみると、カッターの刃の先端部分が曲がっていた。

「このせいじゃねえか？」

大熊がシンク台で取り出した刃先を流水で濯ぐ。

「ほら！　やっぱりトッチさん、玉ねぎがカットできてないんですよ！」

知美がカッターの刃を指さしている。

「基地に着くまで新しいのと交換できねえからな。手動で百七十七人分のたまねぎをみじん切りにするか、それともメニューを変えるかだな」

「手動って、手で何十個分もの玉ねぎをみじん切りしたら、今晩涙が止まらなくなって、眠れませんよ！」

「困ったなぁ……」

「トッチさん、こういうときこそ、総監の言葉ですよ！」

「うん……」

利信は知美の言葉も耳に入っていないようだ。

「その一！　あきらめない！　だろ！　まだ一日あるから大丈夫だ！」

「はい……」

野々宮に励まされながらも、利信は再び深いため息をついた。

利信は合間を見て調理室を抜け出すと、Ｃａｆｅマルグリットへと電話をかけた。電波がギリギリ届く当たりを『しまなみ』は航海しているのだ。

数回呼び出しのコールが鳴ると、電話口からは、落ち着いた聡美の声が聞こえてくる。

「はい。Ｃａｆｅマルグリットです」

「あれ、聡美さん？」

「はい？」

電話口で不意に自分の名前を呼ばれた聡美が、不審そうな声で返事をした。

「俺です！　トッチ！」

利信はてっきり友理恵か恵未が出るものと思って驚くが、慌てていることもあり、あまり深追いしなかった。

「あの、友理恵さんいらっしゃいますか？」

「友理恵さーん」と、聡美の呼ぶ声が電話口から聞こえて来た。

「もしもし？　利信くん？」

電話口から友理恵の声がいつも以上にダイレクトに伝わってくると、利信の心臓の鼓動が速くなる。

「忙しいのにすみません……」

「元気にやってる？　無事、佐世保に着いたの？」

「はい、着きました！　もう、呉に向かって帰ってるところなんですよ」

「そうなの？　利信くんもあんまり無理しないでね」

呉から離れた佐世保にいると思うと、友理恵の声も懐かしく思えた。

「それが無理しないとダメで……」

「どうしたの？　なにかあったの？」

「ハンバーグが、何回つくってもバラバラになってしまって、形にならなくて……」

利信が訳を話すと、友理恵はなるほど、と答えた。

「はい……自動で玉ねぎを切るフードプロセッサーみたいなのがあるんですけど、それが壊れてしまったんです。みじん切りがいつもみたいに細かくならなくて。そのせいもあるのか、具が崩れてしまうんですよ……」

利信は弱々しく情けない声で返事をする。

「そしたら、たぶん水分が多いんだと思う」

「水分？　俺、水なんか一滴も入れてないのに」

「ハンバーグにも塩コショウして下味を付けるでしょ？　その塩が浸透圧で、玉ねぎから水分が出てくるんだと思う」

利信はスマホを肩と首の間にうまく挟み、ノートを片手に必死にボールペンを動かす。

「そうか！　こないだの時短レシピと同じ原理ですよね！」

「なるべく玉ねぎを細かくみじん切りするのがいいんだけど、塩を振って軽く電子レンジでチンして、水が出たらクッキングペーパーで水分を取るとか。もしくは玉ねぎの水分を取るために、パン粉を入れてもいいかも。そうでなければ、お麩《ふ》とか。うちのハンバーグって百五十グラムくらいよね？」

　遠くで聡美の声が受話器を通して聞こえてくる。友理恵同様、マルグリットのスタッフが遠く離れた県から、親身になって支えてくれている。そう思うと胸の中が安心感に包まれ、懐かしい感じがした。

「――それに対して、だいたい大さじ一杯くらい入れるから、それを艦で使う材料に換算してみて？　栄養的観点から見ると、たしかに塩分とかは控えた方がいいんだけど、塩が足りないと、少し頼りない味になっちゃうのよね。いわゆる、大量生産みたいな大味。大人数分つくる訳だから、レンジでチンするのも、何回かに分けるほうがいいかもね。量が多いと、材料に熱が均等に入らなくてムラができたりするし」

　利信は肩にスマホを挟み、必死にメモを取る。その瞳には希望が宿ったように、覇気が表れていた。

「友理恵さん！　ありがとう！　これでなんとかやってみます！」

「利信くんのことだからきっとうまくいくと思う！　とにかく、全力尽くせますように！」

　友理恵の言葉に、何度も礼を繰り返したあと、利信からの通話は切れた。友理恵はホッと胸を撫で下ろし、レジの横にある電話機へ受話器を置いた。

「うまくやってくれるといいんだけど」

　友理恵は店の受話器を置き、キッチンに戻ろうとすると、聡美の呼ぶ声がした。

「友理恵さん、お客様みたいです」

真っ昼間に、スーツを着たふたりのサラリーマンが入り口に立ち、友理恵に深々と頭を下げた。

第七波　勝つカレー　辛味入汁かけごはん

友理恵からアドバイスを貰ったあと、利信は昼食を食べ終えた。他の調理員たちも科員食堂で一服していると、彼らの元へ補給長がやってきた。

「艦長が呼んでるぞ」

「え？　俺ですか？」

「ううん。全員」

屈《かが》んでいた大熊のでかい背中が、勢いよくクルリと回転する。

補給長に続いて艦長室に向かう。

大熊が艦内の狭い廊下を阻むように、一列に連なって進む。

「お前ら、なにしたんだよ！」

「なにもしてませんよ……！　大熊さんこそ、なにかしたんじゃないんですか……！」

「ハア⁉　野々宮てめえ！」

大熊が野々宮の首根っこを摑んで、壁際に追い詰めた。ふたりを追い越しながら利信は、ボソリと知美に口を開く。

「艦長室に呼ばれるなんか、よっぽどじゃないか」

「私、あの部屋入ったことないんですけど……」

「俺もない……。ここのところなんの問題も起きてないと思うんだけど、いったいどうなってるんだ……」

利信と知美は重い足取りのまま、通路を抜けて行った。

「大熊さん、置いてかれちゃいますよ。早く――」

「いちいち、急かすなよ！」

野々宮がバタバタと利信に追いついた。利信や知美の顔からは、いつもの明朗快活さは見られない。

大熊がドアの前に立ち、コンコンとノックをした。

「第四分隊、調理員長、曹長の大熊猛広です。失礼します」

大熊がドアを開けると艦長は、腕組して机の前に立ち、利信たちが部屋に入るのをジッと見ている。相当ヤバそうだ、とその場にいた全員がそう思った。

全員が横並びになると、艦長がおもむろに口を開く。

「カレーグランプリの件だが――」

「はいっ」

「絶対！　負けるなよ！」

突然フルボリュームになった艦長の声の迫力に、四人の体が少しばかり宙に浮く。

「絶対に勝て！　なにがあっても勝て！　勝つんだ！　いいか！」

艦長は椅子から立ち上がり、四人の前に立つ。

「は、はいっ!」

なぜ艦長がそこまでカレーグランプリでの勝ち負けにこだわるのか、利信たちはたいして理解できぬまま、返事をしている。

「実はな、『あそ』の艦長は、俺の同期だ」

「え」

知美が微かな声で呟いた。

「同期は大事な仲間だ。家族だ。支え合い、励まし合い、お互い切磋《せっさ》琢磨《たくま》し合う」

艦長のみなぎる威迫に、利信たちはニコリともしない。

「ただ――、あいつにはいつも勝てんのだ……! 成績、体力、身長……!」

艦長が放った最後の言葉に、調理員全員は目を大きく開け、必死にこみ上げてくる笑いを堪《こら》えているのだ。

「オマケに艦まででかい! 俺は、悔しくてたまらんのだよ! 頼むから、頑張ってくれ! な!」

「はいっ」

艦長は腰に手をやり、仁王立ちになっている。

「カレーのネーミングはどうなったんだ?」

「それはまだ……」

野々宮が大熊の顔を見ると、大熊は堂々と口を開いた。

「もともとあったレシピはカレーのコクや甘味、まろやかさに重きを置いています」

もともとあったレシピを使って調理した本日のカレーは大変好評で、艦長の好みにも合っていたらしい。

「今日のカレーはよかった。非常に旨かった。うちの艦はコクと甘みで勝負しろ」

「コクと甘み……」

四人は小さな声で呟いた。

「〝コク深い甘ったれ末っ子カレー〟ってのはどうだ？　ん？」

艦長は得意げな顔をするが、四人はいまいちピンと来ないのか、呆然と立ち尽くしている。見かねた利信が、慌てて口を開いた。

「わ、私は、と、とてもいいかと思い――」

「そうだろう！　そうなんだ！　よし、そしたらコク深い甘ったれ末っ子カレーで勝負をすると、補給長に伝えておこう！」

艦長は内線電話の受話器をあげると、もう帰ってもいいと言うように右手をヒラヒラと靡かせた。

四人は艦長室を出た。

「失礼致しました！」

通路を抜けラッタルを上り下りすると、大熊が口を開いた。

「コク深い甘ったれ末っ子カレー……な」

「すいません……、咄嗟に返事してしまって――」

「トッチ、仕方ねえよ。艦長だもん。ねえ？　大熊さん？」

「艦長のネーミング、ある意味インパクトあるかもって私は思ったなぁ。しかも、大熊さんと、銀野さんも同期。うちの艦長と『あそ』の艦長も同期。火花バチバチ、究極の因縁の対決ですね！」

「うん。絶対入賞したいな」

利信は負けられない戦いへ挑む決意を新たにしたのだった。


翌日の利信が初めてレシピを担当したハンバーグは、友理恵の助言のおかげで型崩れを起こすこともなく、味は幹部からも絶賛され、無事に大熊からのミッションをクリアすることができたのだった。

調理員全員が更衣室に集まると、大熊はニヤニヤしながら検食簿を抱え、ちらつかせている。

「小橋が記入担当だってな」

「いよいよ、検食簿の大発表！」

そう言いながら野々宮が利信の肩をポンポンと叩くと、利信は苦笑いをした。

「ああ……緊張するなあ……」

大熊はファイルを開き、読み上げはじめた。

「ハンバーグの中心まで火が通っていて、安全面は可、って……それだけかよ。かーっ嫌んなるぜ！　トッチのハンバーグ旨かったのに、そういうときには味の感想はなしかよ！　あいつホントに性悪だな」

しかし大熊は、言葉とは裏腹に満足そうに薄らと笑みを浮かべていた。野々宮もウンウンと頷き、知美にいたっては腕組までして、大きくかぶりを振っている。

不思議にも、波に乗る乗員たちは、海を通して大きくなる。万物を創世した海は、いつも生み出す力を人間に与えるのだった。

荒波にもまれた乗員たちは、次第に高く大きな白波を、知らない間に乗り越えているのだ。


そして佐世保の旅を終えた護衛艦『しまなみ』は、母港である呉へと帰って来た。カレンダーの日付は、七月がもうすぐ終わることを示していた。

当直である野々宮以外は、夕食の片付けを終えると荷物を抱えて下船の準備を行った。

「あー！　ただいま呉！」

知美はいつになく嬉しそうだった。

艦の調理室は、蒸気や熱気で室内が高温にならないよう空調が効いているのだが、いよいよ、呉基地内の桟橋に降り立ったときは、熱帯夜の洗礼に悶《もだ》えることを覚悟した。それでも利信の足取りは軽やかで、鼻歌交じりで帰路についた。

調理員として、満足のいく結果を出すことができた利信は、未だエネルギーが漲っている。

「今日はまだまだエネルギーが余ってる感じだ」

利信はその夜、家に帰ったら日課のランニングに出ようと決めた。それも今日は、いつもより距離を延ばして、マルグリットをゴールにして走ることにした。

アパートに帰り、窓を開けて籠った空気を入れ替え、サッと掃除機をかけると、利信はランニングウエアに着替え走り出す。

夕食は艦で摂ったため、たいして腹は減っていないがコーヒーを飲むフリをして、友理恵に会いたいと思った。

「友理恵さん、元気にしてるかな？　大熊さんとたまねぎ掘りに行って、友理恵さんに飴色たまねぎの時短レシピを教えて貰って、たまねぎのみじん切り――たまねぎの話ばっか友理恵さんにしてるなあ」

利信は含み笑いをしながら、アパートの階段を走って降りて行った。

川を右手に、蔵本《くらもと》通りを山側へ向かって走り抜ける。シャッターが閉められた店を横目に、利信はがむしゃらに走って行った。

閑静な住宅街に入るすぐ手前に、建てられた立派な洋館。

道路沿いの窓から中の様子が見えた。まだ客は残っているものの、常連が座ることが多いカウンターに、見慣れない男の背中を見つけた。

「あれ？」

不審に思った利信は、緩やかに速度を落とし、レストランのポーチから中を覗いた。

会社員のようにスーツを着た男性が席についている。友理恵はいつものエプロン姿ではなく、ワンピースを身に纏っている。

「あれ？　友理恵さんなんでエプロンしてないんだろ？」

カウンターから立ち上がった男性は端正な顔立ちをしており、ハイステータスな男性に見えた。利信が見ても、いい男に見えたのだ。

下を向いたまま表情の暗い友理恵を、厳しい目で見つめているようにも見えた。

「もしかしてこの人――」

友理恵の表情は終始曇ったままで、ときおり首を横に振っている。

「友理恵さんの彼氏……？」

初めて見た友理恵の男の影に、利信は苛立ちを覚え、心臓はバクバクと打ち付けていた。

首を縦に振らない友理恵の態度を見て、男は席から立ち上がった。

「やっべ」

利信は慌てて道路へ出る。背広を着たエリート風の男性は、悲しく寂しい顔をして、マルグリットの入り口から出て来たのだった。

男の背中が見えなくなると、利信はマルグリットの扉を開いた。

「いらっしゃいませ」

友理恵ではなく、先に出てきたのは聡美だった。

「あれ？　恵未さんは？」

「恵未さんはね、旅に出たの」

「旅？」

「うん、ロシアにちょっくら行ってくる、って。かれこれ一週間くらい、留守なんです。今日の夜の便で帰って来てる筈なんですけど。恵未さんがいないと、なんか静かですよね」

「うん――」

それで一昨日の電話に恵未が出なかったのかと利信は合点がいった。

しかし、気さくな恵未がいないと、聡美との会話が持たない。

利信は、カウンターにドスンと座った。キッチンでは、洗い物をしている友理恵がニコリと笑いながら、利信に視線を向けた。

「ふーん」と言いながら利信がメニューを開くと、普段ならあり得ないことに、本日のメニューはカレー、もしくはチキンドリアだった。

「ご注文は――」

「カレー下さい！」

利信は聡美の言葉を遮るように、キッチンにいる友理恵にオーダーをした。

「今日は、もう売り切れてしまって……」

すると、食洗機に洗い物を入れ、手が離せない友理恵の代わりに聡美が返事をする。

利信は口先を尖らせ、聡美にムッとした表情を返した。

「じゃあ——」

濡れた手を拭いながら、友理恵がカウンターに近づいてきた。

「ごめんね、チキンドリアならできるんだけど？」

メニューを手にしたまま、利信がポツリと呟く。

「じゃあ、チキンドリアで……」


焼きあがる頃には、他の客はすでにいなくなっていた。

「アッちい！」

オーブンから取り出されたばかりで、熱いのにはちがいないのだが、それより気が回らなかった自分が恥ずかしかった。というより、船を降りてから友理恵に会いに行ってお礼を言って、楽しい時間を過ごそうと思っていた目論見がなにひとつうまくいかず、それに焦っている自分の不甲斐なさに腹が立った。

「あ、大丈夫？」

友理恵が慌てて、グラスに冷水を注ぐ。

「友理恵さん、さっきの男の人、誰ですか！」

「え？」

聡美はクスリと笑った口元をトレイで隠しながら、キッチンへと帰る。

「深刻な顔して、なにか話してたじゃないですか……」

「あー、あの人ね」

そう言いながら、友理恵はテーブルの上に残された食器を片付けている。

「友理恵さん、あの人ねーじゃないですよ！」

「あの人ね、銀行の人なの」

「銀行の人？」

「そう、銀行の人なの」

「なんで銀行の人が、ここに？」

友理恵は表情を曇らせながら、利信の隣の席に腰を落ち着ける。

「融資するから、新店舗を出さないか、って言われて」

利信は大げさに体を起こす。見るからにエリートで、太刀打ちできそうもない男だと思ったが、友理恵とは深い関係ではないようだとわかり安心したのだ。それでも友理恵の表情は依然変わらない。

「新店舗!?　友理恵さん、すごいじゃないですか！　でも、さっきの様子だと、友理恵さんは乗り気じゃないんですか？」

「そうねえ」

「なんで!?　せっかくのチャンスなのに！」

「そんな、借入金つくってまで新店舗出そうとは思わないのよ。私はこの場所、この家が好きなの」

「私は、友理恵さんのこの場所が好き、っていうのわかる気がする。だって、私がそうなんだもん。それを人気だから新店舗を出さないかっていうのは、なんだかちがう気がするな……」

「もともとここには祖父母が住んでたんだけど、ふたりとも亡くなったあとは長い間誰も住んでなくてね。そしたら、この洋館を売る、なんて話が出たから、そのときにこの家に帰ってこようって決めたの」

　祖母が残してくれた財産を、リフォーム費用と初期投資に充てたから、借入金もなく始められたのだと友理恵は言った。だからこぢんまりした幸せで十分なのだと。

　利信は高い天井をぐるりと見渡した。

「ここって、おじいさんおばあさんの家だったんですか？　大きいなあ」

「私のご先祖様がね、当時アメリカでひと儲けしてきたんだって」

　柱に掛けられた時計は、年季が入っているように見えるが、値打ちものかもしれないと利信は思うと、その時計に釘付けになる。

「ちょうどこの部屋が、晩年の祖母の部屋だったの。ガラス張りになってるところ――」

　友理恵は窓際を指さした。いまは、フラワーポットに植えられたモンステラの木が一本、青々と茂っている。

「この部屋は一番日当たりがよくて、ここには大きな出窓があったの」

外の景色を眺めて、ウトウトと傾眠するのが祖母の習慣だったと友理恵が語った。

窓の外にはマーガレットが盛んに茂ったプランターが置かれている。

「ここが祖母の居場所だったの」

友理恵が目を細めた。

「そうだったのか。おばあさんの居場所だった所に、いまはみんなが集うんですね」

「不思議でしょ？」

そう言いながら、友理恵はキッチンへと移動する。

「うん、不思議ですね」

そのときだった。一段高くなったキッチンの方で、ガシャンと食器が割れる音がする。

「友理恵さん！」

まっ青な顔をした友理恵が、オーブンの前で倒れ込んでいる。

「きゃあ！　友理恵さん！　友理恵さん！」

パニック状態になった聡美が、何度も何度も友理恵の名前を呼ぶが、友理恵が返事をすることはなかった。

友理恵は利信と聡美に付き添われ、救急病院へと搬送されたのだった。過労による一時的な低血糖を起こしたそうだ。点滴を受けて少し休めば、帰ってもいいとのことだった。

友理恵は大丈夫だ、と言うのだが、聡美の心配もあり、翌日のＣａｆｅマルグリットは臨時休業日となった。

ロシアから帰ってきた恵未がマルグリットへ来ており、利信も艦を降りると、友理恵を見舞うため、店にちなんだマーガレットの花束を抱え、マルグリットへと訪れた。

友理恵の顔色はけっしてよくないが、昨夜倒れた直後に比べると、落ち着いた様子に見えた。

友理恵は、楽なチノパンに無地の白いTシャツを着ており、フロアの椅子に腰を掛けた。利信もその向かい側へと座る。

恵未がハーブティーを入れ、フロアのテーブルへと運んできた。

「あー、もう完全に私のせいだ。きちんと支えないといけなかったのに。私、能天気にも夏休みーとか言って、ロシアなんか行っちゃって……」

「恵未ちゃん、考えすぎよ」

と友理恵は恵未を宥めた。

「このあいだ祖母の遺品を整理していたら、祖母の結婚した頃の日記が出てきたの。曽祖父が遺した食べ物に関する記録、みたいな感じ。その本の表紙を捲るとね、一ページ目に、辛味入汁かけご飯って書いてあったのよ。それを見た瞬間、これだ！って閃いたわけ」

戦時中、外来語の使用を禁じられていた日本では、カレーライスのことをそう呼んでいたのだ。

「それを見た途端にね、カレーをメニューに入れたら、少しだけ手間が省けるかな、って思ったの。恵末ちゃんが旅行に出ているあいだ、聡美ちゃんと私だけでこのお店回すにはどうしようか、って思ってたときに、舞い降りたアイデアメニューだったのよ」

「だから、カレーをメニューに入れたんですか？」

「カレーだと、作り置きができるし、他のレシピに比べて調理に手間暇がかからないってのが本音なの」

友理恵は少し、バツが悪そうな表情を浮かべる。

「そう言えば、じいちゃんも同じこと言ってたな」

「実質は二日間、カレーの日を二回行ったんだけどね。私も大胆なことしたなあ、ってまになったらすごく思うんだけど、自分がつくったカレーが結構おいしかったのよね！」

病み上がりだというのに友理恵は、目をキラキラと輝かせて話しはじめた。

「友理恵さん、よかったら、その日記、見せて貰えませんか？」

「うん、もちろん。ちょっと待ってて」

友理恵はそう言うと、自分が生活する居住スペースへと姿を消した。

「今回は私もキッチンに立たせて貰ったんだけど、試行錯誤しながら友理恵さんと料理するの、すごく楽しかったなあ」

そう言うと、聡美は物思いに耽りながら、机の上にスケッチブックを広げ、利信が持って来たマーガレットを写生していた。

「お待たせ。これなんだけど――」

友理恵は古びた日記のような、ハードカバーのノートを持ってきた。

「父、市之助の辛味入汁かけごはん」

「友理恵さんの曾《ひい》お爺さんって、市之助さんっていうんですか？」

利信は、怪訝そうな表情で友理恵へ尋ねる。

「うん」

「え!?」

あまりに驚いた利信は、慌てて椅子から転げ落ちそうになる。

「もしかしたら、友理恵さんのおばあさんのお名前は、キミ子さんじゃないんですか？」

「そう！　なんで知ってるの!?」

「えっと、あの——。うちのじいちゃんがその……、市之助さんのことを知ってて」

利信が、あんちゃんから聞いた市之助の話を友理恵にも話すと、驚くような感心したような顔をしている。

友理恵から渡された日記のページをペラペラと捲るたびに、古くカビ臭いにおいが漂う。

「す、すげえ！　これ！」

その日記には、曽祖父が祖母に教えたと思われる、いまは存在しない艦ごとのカレーの特色が書かれていた。

「そうか！　きっとトッチは来るべくしてここに来たんだよ！　だって、トッチはカレーでもって護衛艦『あそ』に勝たないといけないいんだもん。優勝しなきゃね」

腕を組み、顎を突き出してきっぱり言い切る恵末に、利信はぐうの音も出ず、頭をポリポリと掻いた。

「なんだか、そう言われれば、利信君とは他人って感じがしないかもしれないわね」

そういう友理恵の言葉に、聡美はニヤニヤとしている。

「もしかして、今日のカレーはこのレシピを参考にしたんですか⁉」

利信は立ち上がり、身を乗り出している。

「ううん。実はね、この日記を開いてたらアレルギーが出ちゃって、くしゃみがとまらなくて、ねえ、聡美ちゃん？　だからこの日記を頼ることはできなかったの」

「うん、ヤバかった。それでも最初は市之助さんの極意みたいなの真似してたんですけど、途中でカレーつくるの楽しくなっちゃって、エンジョイしちゃいました」

聡美はスケッチブックの一ページ前を捲り、見事にデッサンされたカレーの絵を利信に見せた。

「あ、ああ。すごい絵だね……」

「この日記が出てきたときに、ちょっと白っぽいカレーはおもしろそうだ、って話してて。黄色いスパイスは少なくして、白っぽいスパイスのカルダモンとかフェヌグリーク、それにココナッツミルクを入れて、食べたいカレーをつくったってだけ。ねえ、聡美ちゃん」

「なんだそうだったのか……」

「あ、でも友理恵さん、市之助さんのカレーの極意、どこかに書かれてませんでしたっけ？」

「あ、載ってたよね？」

友理恵はさほど気にも留めていないようだ。

「そ、それ、どこのページですか!?　ちょっと見せて下さい」

友理恵は鼻をタオルで押さえながら、祖母の日記をパラパラと捲った。

「真水がなんとかかんとか、あ、これこれ――」

利信は目を細め、掠れた文字を読んでいく。

「ええ？　野菜のゆで汁？　そうか！　昔の艦はいまほど造水設備がよくなかったから、真水管制がかかったんだな！　使う水の量を少しでも節約するために野菜のゆで汁を、捨てずにカレーに使ったのか！　そしたら、うちの艦でも野菜のゆで汁をストックして冷凍庫に保存しておけば、釜も空くし、出汁をとる時間が短縮できる！　これなら金曜もいまの人員で無理なく回せる筈だ！」

あまりの利信の気迫に、マルグリットはしばし沈黙に包まれた。

「利信君の期待に沿えてよかった」

「これなら、入賞して記念メダル貰えるかもしれないな」

入賞という言葉を使う利信に、恵末は少し表情を曇らせる。

「明らかにトッチと友理恵さんがちがうのは、食べたいカレーをどれだけ追求するか。友理恵さんはとことん、食べたいカレーに味を近づけた。トッチみたいに、とりあえず入賞さえできればそれでいい、最初から一位じゃなくてもいいや、ってその時点で負け戦じゃない」

「……あ」

利信はしょげこんで、頭を垂れた。

「オリンピック出る人がさあ、銀メダルでいいです、なんて妥協してエントリーする？」

「本当は、勝ちたいんです……。俺、絶対優勝したいんです……。でも、どうしたら『あそ』に勝てるのか……。悩みすぎて辛いっすよ……」

「こだわりって、ある意味執着みたいなもんなんだけど、悩むなんて、いいことじゃない？」

恵未の言葉を否定することなく、友理恵が口を開いた。

「うん、私もそう思うー」

「はあ⁉　友理恵さんに聡美さん、なに言ってんですか⁉　悩みたい人なんて、いませんよ！」

利信は肩をがっくり落とし、大きくため息をついた。

「悩んだり、辛い気持ちになるのってさ、この世に生まれて来たときに、すでに契約してるのかもよ」

「え？」

「私、祖父母が居なくなったこの家に住んでみて思うの」

友理恵は、顔をあげた。

「あのふたり、なにも持たずに天国に行ったんだなあ、って。唯一持って行けたものがあったとしたら――」

利信が友理恵の顔を見つめる。利信は、ゴクリと唾を飲み込む。

「きっと、経験と記憶なんだろうな」

「経験と記憶？」

「そう。言い換えれば、経験するために生まれて来たのよ」

友理恵は利信をチラリと見ると、ティーカップに唇を寄せた。

「いいことも悪いことも、楽しいことも辛いことも。辛いときってさあ、たいていなにかを超えようとしているときじゃない？」

利信の目はパチクリと開いたままだ。

「つまりは、取り組むべき課題に直面してるってことだから、そう考えるとすばらしいことじゃない。ボーッと見過ごしてしまう人も多い中で、向かう方角と乗り越える波に気がついたんだから。要はね――」

「要は？」

「ラッキーなのよ」

そう言って、友理恵は立ち上がると、ピースをしながらキッチンへと抜けて行った。

「え!?　悩む、ってラッキーなんですか？」

利信がキッチンめがけて声をあげると、「そうー」と声が返ってきた。

「悩む、ってラッキーなのか……？」

「トッチー」

キッチンから顔をあげた友理恵にそう呼ばれると、利信の心拍数が急上昇した。

「私と約束しよう!」

「や、約束?」

「絶対、優勝するって約束するの」

友理恵は小指をあげた。

「そうだよ! トッチはもともと、知美の紹介で、おいしい料理を調理室でつくることを目標にここに来たんだから、友理恵さんと約束して?」

「う、うん……!」

利信は恵未にそう言われ、まっ赤になりながら、キッチンまで向かう。

「はい」

友理恵が小指を出すと、利信は照れながら交えた。

「たぶんね、人間に生まれたら、誰にも負けたくなくて、つねに勝っていたいのかもね」

利信は小さな声で「うん」と言いながら頷いた。


翌日の分隊長朝礼が終わると、調理員一同は科員食堂へと集まった。最初に口を開いたのは、補給長だった。

「今日で、『しまなみ』のカレーレシピ完成させるとするか」

「旨いカレーって言うけど、なにが旨くてなにがまずいのかなんて、人によって全然ちがいますよね」

「野々宮さんの言うとおり。辛いカレーが旨いって人もいたら、甘いカレーが旨いって人もいるし」

「それそれ、万人受けするカレーだな。どういうカレーが人に好かれるか、ってことですよね？」

「私、ビーフカレーにするなら、舌触りがいいやつがいいな。タンシチュー食べたときに、ホロホロって溶ける感覚。嚙まなくてもいい感じの」

盛り上がってくる野々宮と知美を制するように、補給長が再び口を開いた。

「まあまあ。とにかく、高級なルウや食材は、絶対使えない。そもそも与えられた予算をオーバーするから。他の艦と同じ条件の中で勝負するわけだし、なにか特別変わるわけじゃない。そもそも同じ固形のルウを使っている訳だし」

大熊は前足のような腕を組み、同意するかのように大きく頷いている。

補給長の会話に、利信が声をあげた。

「なにを入れるかじゃない。きっと、工夫なんです！」

調理員が判断して発注するわけではない。押し込み形式で、決められて送り込まれてくる食材を、どう使うのかにかかっているのだ。

「トッチには、その工夫とやらがなにかあるのか？」

「はい。野菜のゆで汁を冷凍庫でストックしておくんです」

利信はチラリと大熊の表情を窺った。

「なるほど。ほうれん草のゆで汁はエグ味が含まれるけど、ブロッコリーとかキャベツ、白菜をゆでるときのゆで汁をストックしておけば、水からスープをつくらない分コクや旨みが出るし、手間もかかりにくい。よく考えれば栄養が滲み出たスープを海に捨ててる訳だもんな」

大熊は意外にも利信の意見を援護したのだ。利信は嬉しくなって口元を綻《ほころ》ばせ、そして続けた。

「補給長、俺たちだけ頑張っても、限界があるかもしれません」

「だけど、実際につくるのは俺たちじゃね？」

黙って聞いていた野々宮が口を開く。

「はい、たしかにそうなんです。俺たちがおいしいって思うものが、他の人の口に合うとは限らない。感性ってそれぞれちがうから。でも、大人数においしいって言って貰えれば勝てるはずなんです」

「なるほど、このカレーを主観的に捉えるんじゃなくて、一歩下がって客観的に見つめ直すべきなのかも。トッチ、そういうことだよな」

補給長も納得したかのように、顎の辺りをさすっている。

「はい、俺たちは確実に旨いカレーに近づいている筈なんです。カレーグランプリまで、カレーをつくれる回数はあと三回しかないんです。一〇〇パーセント同じ料理は絶対につくれないけど、でも勝てるカレーのレシピを確立させるためにも、第三者の意見が必要だと思うんです」

「トッチさん、レシピを考えて、実際につくってみて、次は見直しってことですか」

「ああ、知美、そういうことだよ。もともとは、この艦の人たちに旨いカレーを食べて貰うことが、俺たちの出発点だったんだ。もう一度『しまなみ』のレシピをつくり直して、グランプリに参加することになったけど、でも、もともとはこの艦の乗員の人たちに喜んで貰わなきゃ意味がないんだよ」

利信の熱い言葉に、野々宮は照れながら視線を背け、笑みを浮かべる。だが、納得したかのように、首は上下に振れていた。

「艦長に言わ……、いや俺たちは、強敵『あそ』に勝たなければいけないんです。総監の愚直たれ！　の言葉に続くように――」

「その二、あなどらない――だな」

「野々宮さん、それ！　だから、うちの乗員に意見を仰ぎたいんです！」

旨い飯を食べて真っ先に得をするのは、実際の乗員なのだ。実際の乗員が旨いと思うカレー、彼らが望むカレーこそが最もグランプリに近い理想像なのだと利信は考えていた。

「補給長、本当にお手数なんですが、アンケートをつくってほしいんです！」

「アンケート？」

利信は、明後日のカレーの感想を、直に乗員から聞きたいのだと願い出た。

「私もそれいい考えだと思います！　これこそ艦内の最適化ですよね！　お願いします」

四分隊の紅一点、ウェーブである知美にお願いをされては補給長もその要望を拒めない。

「わかった」

そう言うと、補給長は知美に親指を立て、にっこりと笑顔を見せた。


野々宮は翌日からの数日分の献立計画を立てるために、ひとり更衣室に置かれた机に向かっていた。知美は遠距離恋愛中の彼氏と長いラブコールをするために、今日は下宿先へと帰っていった。

大熊は、妻の月命日である日は家へ帰る。仏壇という立派なものはないのだが、妻の写真に水と花を供えるのだ。

科員食堂で、アンケートの集計結果をまとめた利信が、用紙を片手に更衣室へとやって来た。

「トッチー、なんか書いてあったかー？」

「徐々に旨いカレーになって来た、って書かれてて……、俺なんか泣きそうだ……」

グランプリ当日まで、金曜日は残すところあと二回しかない。

「お前、ホントによく頑張ったよ。俺、トッチのおかげで変われた気がする。ありがとうな」

野々宮が利信の背中をポンと叩くと、利信は鼻をすすった。

「こっちにはコクが出ておいしいけど、もう少し辛い方がいい、って意見もあるな。まろやかなカレーが好きな人と、辛くてパンチが効いたカレーが好きな人、どっちが多いんだろ」

「集計したアンケートにもあったのですが、トッピングしてみるのはどうですか？」

「本当に入賞するためだったら、ある程度小細工するのがいいかもしれない。トッチのハンバーグ、アレを小さくしてトッピングするのは？」

野々宮は唐突に電卓を片手に、納得のいかない顔をしている。

「ダメだ」

「なんでですか！」

「ハンバーグを使うと、赤字になる」

「あ！　そうか！」

利信はパチンと額を叩いた。

「それでなくでも、牛肉は単価高いし、カレーにはとくにたくさん使うからなあ……。実際の昼飯に出すことはできねえよ。まあ、夕食がシシャモとモヤシならなんとかなるがな」

「そんなの乗員の人に半端ないくらい責め立てられますよ！　合い挽き肉のミンチはメイン料理に使うことが圧倒的に多いですもんね。あ、ミートボールくらいの小さいサイズでもダメ？」

野々宮が電卓を叩いて計算をしてみるが、答えはノーだった。

「トッチのハンバーグ、すっげえ好評だったからなあ」

「じゃあ、ハンバーグがダメなら、ソーセージとかどうですか？」

「なるほど！　朝に使うソーセージを、その日だけ昼に回して貰うとか！」

「あ、でも……」

利信は思い出したかのように、なにかを迷っている。

「カレーに付属品載せて、点数稼ぎってことですよね」

「ああ、なるほど。それもちょっと、卑怯だよなあ……」

「その三、あざむかない」

利信と野々宮の言葉が重なり合った。

「トッチ、やっぱり、俺たちは正々堂々、正直に勝負するか！」

「そうしましょう！」


そしてグランプリ当日まで、金曜は残すところあと二回となった。『しまなみ』の調理員は、補給長が実施してくれたアンケートを元に試行錯誤を繰り返した。

灰汁《あく》を取り除いた野菜のゆで汁をストックしては冷凍庫で保管した。友理恵に教わった飴色たまねぎのつくり方により、縛られる時間が少なくなったことから調理員に業務の余裕が生まれたのだった。

コクや旨み、甘味やルウの深みが増したという意見と共に、スパイスが足りないという意見も多く見られた。高温で加熱する間にスパイスの香りが抜けてしまうことから、複合スパイスであるガラムマサラをルウが完成する食前に投入することにしてみた。

試行錯誤を重ね、ようやく調理員全員が胸を張って、科員食堂に並べることができるカレーに辿りついたのだ。

大熊は平然とした表情だったが、小皿で味見をした瞬間に利信と野々宮、知美は嬉しさのあまりガッツポーズをした。

調理室の時計はまもなく十一時になろうとし、調理員の自信が漲ったカレーとシーザーサラダ、茄子の揚げ浸し、デザートには桃の缶詰をテーブルに配膳すると、乗員たちが徐々に集まりはじめた。

利信たちはご飯やおかずを補充しに調理室を行き来したり、調理器具を洗浄している。今日ほど、仕上げた調理内容に納得のいく日はなかったのだ。

すると、幹部食堂でひとりカレーを頰張っていた小橋が、血相を変え通路を走り抜けた。両手にはカレーのトレーを大事そうに抱えている。

小橋は調理室に入り、一番最初に目についた知美に声をかけた。

「おい！」

鼻歌交じりで床をホースで洗い流していた知美が、ひょっこりと顔をあげる。

「どうかしました？」

「なんだ！　これは！」

「なんだって、カレーですよ。カレーライス――」

「ちがう！　なんだ、このカレーの味は、と尋ねているんだよ！」

「へぇ？」

知美の物わかりの悪さに、苛立った小橋は、調理台にあったスプーンをルウに突き刺した。

「これ、食ってみろ！」

小橋にスプーンを突きつけられた知美は唇を尖らせ、嫌な顔をしながら無理矢理飲み込んだ。

「あれ!?　なんかちがう！　トッチさん！」

知美は自分が食べていたスプーンでルウを掬うと、利信の口へと運ぶ。

「ん!?」

利信は慌ててガス台へと向かった。利信は、火にかけられていた鍋の底を掻きまわすと、まっ黒に焦げ付いているのだ。

「ああ、しまった……焦げたんだ……。野々宮さんが配膳しているとき、俺、少しのあいだ目を離して……すいません」

「いや、トッチ、俺も気がつかなくて――」

「なにやってるんですか！　貴方たちが気を抜いたせいで、全員が焦げ臭いカレーを口にするんですよ！　しかも、艦長もこのグランプリに気合い入れてるのに！　ボサっとして失敗されたら困るんですよ！」

「すいません……」

利信は何度も小橋に頭を下げた。

「同じ味にする、同じカレーをつくるって難しいんだな……」

野々宮も深く息を吸い込むと、大きなため息と共に吐き出した。

小橋の突き刺さるような言葉には、悔しいくらい筋が通っているが、利信は無神経に感情を逆撫でされた気持ちになる。野々宮も知美も、小橋から視線を逸らし、やるせなさが表情に浮かんでいた。

グランプリ当日まで、カレーを出せる日はあと一回しかない。ここで失敗すると、もうあとがないのだ。

一年でたった一日しかない決戦の日に、完全なコンディションで臨むことがこれほどまでに難しいことなのかと、利信は思い悩んだ。

カレーグランプリは、単なるお祭りなんかではない。男たちの負けられない戦さなのだ。

グランプリ前日、補給長は調理員全員を科員食堂へと呼んだ。夕食の後片付けを終えた食堂には、非番である艦の乗員や、艦長までもが集まっている。

「トッチ、補給長は食堂に集まれって言ったんだよな？」

「はい野々宮さん……。でも、ずいぶん人が多いですね。なにかあったのかな？」

しばらくすると、段ボール箱を手にしている補給長と小橋が姿を現した。

「おお、待たせてすまん。みんな、集まったか」

「はい」

あちらこちらから、乗員の返事が聞こえてきた。

「実は――」

乗員は皆、なにかを隠すように、ニヤニヤしている。補給長と小橋は、音を立てて段ボール箱の中を漁ると、中からなにかを取り出した。

「私たちから、プレゼントがあるんです」

ナイロンのカバーを外した小橋が、自分の胸にTシャツを当ててみる。

前面には、「護衛艦『しまなみ』コク深い甘ったれ末っ子カレー」とプリントされている。

「どうですかね？　これ」

「おおーっ！」

「いい感じじゃね？」

「かわいいー！」

乗員から歓声と拍手が沸き起こると、小橋は照れくさそうに苦笑いをした。なんと、護衛艦『しまなみ』の乗員たちが有志からカンパを募り、Tシャツをつくってくれたのだ。

「ほらよ」

補給長はそう言うと、四人に配りはじめた。

「ありがとうございます！」

利信は、受け取るなりすぐに梱包を開けた。さっそく中身を出して着用してみると、背面には「出港上等！」と書かれていた。

「これは、俺のアイデアなんだが……」

そう言うと、周りの乗員もドッと笑う。感激で胸いっぱいの利信が口を開いた。

「補給長、こんなカッコいいTシャツまでつくって貰って……ありがとうございます！頑張ります！」

口を固く真一文字に閉じた大熊は、利信の言葉に涙腺が緩んだのを悟られまいと、固く目を閉じた。

「『あそ』に勝つことは……、あいつに勝つことは……、俺の夢でもあったんだ……。いや、俺の夢だったんだよ……」

艦長は目を細めながらそう言うと、まっ白な帽子を片手に近づいてきた。

「俺は、学生の頃から、なにをやってもあいつにだけは勝てなかった。自分でさえもできないことを……。それを無理矢理、調理員のみんなに押しつけたんだよ。なのに、ここまで一所懸命取り組んでくれて……、すまん」

「艦長……」

「よおし。ここまで来たら、精一杯やろう！」

小橋が前屈みになり、声を張り上げた。

「はいっ！」

小橋と補給科が円陣を組もうと肩を寄せ合うと、周りの乗員も加わりはじめ、輪はみるみるうちに大きくなった。そして、気がつけば艦長も呼ばれたかのように輪に加わる。

全員が艦長の顔へと視線を送ると、小橋が大声で気合いを入れる。

「艦長！　お願いします！」

前屈みになった大熊が声をあげた。

「よしっ！　呉海自カレーグランプリ！　優勝あるのみ！　全速前進！　ようそろ！」

「ようそろ！　おおーっ！」

その場にいた全員の声が、護衛艦『しまなみ』の食堂に木霊したのだった。


エプロンを事務室に引っかけて帰ろうと利信が調理室へ戻ってくると、大熊がシンク台を磨いていた。

「大熊さん、まだ帰らないんですか？」

「ああ。トッチはもう帰れ。かまわん」

大熊の手つきは、まるで厨房を優しく撫でるかのように、丁寧にシンク台を磨いている。

利信も手伝おうと、スポンジに手を伸ばした。

「かみさんが亡くなったときにな――」

大熊は唐突に話しはじめた。

「かみさんがどれだけ我慢してたか気がついたんだ。男はな、本当に弱いんだよ。包丁で指切っても、黙ったまま我慢できるのが女なんだ」

「奥さんは、不慮の事故だって聞いたんですけど……」

利信は、おそるおそる尋ねてみた。

「加害者のトラックの運転手しか目撃者がいないんだけど、赤信号で横断歩道を渡ったらしい。そこに――だな。俺たち船乗りは、港を出るのが仕事だろ？　出港を理由に家族のことを蔑《ないがし》ろにしてたのも否めないし、俺は艦での仕事にやりがいを持って楽しんでいたから、嫁も仕事に居場所を見つけたんだと思う。でもそのせいで、仕事帰りに疲れてフラっと、赤信号を横切ったんだろうな……」

「大熊さん……」

調理員として仕事にやりがいを見出したことによって、妻を失ってしまったという罪悪感を大熊は感じていたのだ。利信は大熊の背中を見つめると、目元がじんわりと熱くなってきた。

「大熊さん！　明日、奥さんのために、大熊さんのために、俺がんばりますから！」

「おう……」

大熊は利信へと振り返ることもなく、呟いた。

利信がマルグリットへ着いたとき、友理恵がガラス窓のシャッターを閉めるところだった。

「あら、利信くん、こんばんは。今日は、どうしたの？」

「俺、大事なこと言い忘れちゃって」

「そんな、なんだか辞世の句みたいね――」

利信の緊張を察して、友理恵がわざとおどける。

「明日……、来てくれますよね？」

「もちろんよ。恵末ちゃんも、聡美ちゃんもみんなで行くから――」

「その、俺、票がほしいとか、そんなんじゃなくて！　あ、でも要らないって訳でもないんですけど……まずいカレーだ、って幹部に言われたときはめっちゃ腹立って、見返してやろう！って思ったけど……。でも、いまはなんかそれだけじゃないんすよ！」

友理恵はクスっと笑っている。

「自分でもうまく言えないんだけど、みんなが旨い！って言ってくれる顔を想像して、いままで試行錯誤して来たんです。みんなに食べに来て貰いたいなあ、って思って。……それに――」

友理恵が会話を遮った。

「――それに約束したもんね」

「うん」

利信はガーデンに置かれたベンチに腰掛けた。

「友理恵さんは、不安とか感じたことないんですか？　いつも堂々としてるし」

「結構、頑張って踏ん張ってるのよ。でも、自分自身が強くないと誰も支えられないし。かと言って、私はけっして強い訳ではないんだけどね」

「俺、友理恵さんに会ってなかったら、きっとこんな気持ちでグランプリなんか出場しなかった。自分の中で変化が起きていて、でも変わっていくのがたまに怖くなって……」

「じゃあ、トッチ――」

いつも利信くん、と呼ぶ友理恵にトッチと呼ばれると、背筋に緊張が走るようだ。

「一番になるのよ。なにがあっても、絶対大丈夫だから」

本当は大丈夫なんかではけっしてないのかもしれない。利信はただ、大丈夫だと言ってくれる味方がほしかったのかもしれない。

「悔いなく精いっぱいやる、ってことが大事なの。全力投球よ」

「はい！　絶対優勝します！」

じいちゃんと同じことを言う。自分がやる、って決めたことに、男だったら手を抜くな。

第八波　呉海自カレーグランプリ

　お天道様にも歓迎されているかのように、頭上には澄み渡る青空が広がる朝だった。呉駅で下車する人々は、普段の日より増して多かった。駅周辺には「呉海自カレーグランプリ」の幟《のぼり》が等間隔に立てかけられ、潮風に揺られひらひらと靡いている。イベント終了後は、呉港の沖合いから花火があがるらしい。

　呉地方総監部の入り口には、カラフルに彩られたイベントのアーチがつくられていた。グラウンド内につくられた特設会場には、地元の名産品のブースが設けられ、呉市内で栽培された野菜や果物、工芸品、そして自衛隊グッズなどが販売されていた。

　家族連れや非番の隊員であろう人々が行き交い、織りなす活気で賑わっている。

　定刻の十一時になると、呉市長が開会の挨拶を述べ、音楽隊によるオーケストラの演奏が行われた。ターコイズブルーの呉市のゆるキャラが、テーマ曲に合わせて天真爛漫に身を震わせると、子供たちの弾んだ声がグラウンドに響き渡る。特設ステージには惜しみない拍手が送られ、訪れた人々はイベントの開催を心待ちにしていた。

　グラウンド中央にあるメイン会場では、呉港を母港とする護衛艦や掃海艇、そして潜水艦を含む八隻のテントが連なっている。

　その中でも、宿敵である護衛艦『あそ』のブースからは、ひと際大きい声があがった。

「いいかー！」

「はいっ！」

「このグランプリのために、俺たちは試行錯誤を繰り返し、男の修行を積んで来た。じっと堪えてきたんだ。いまこそ、俺たちの成果を見せてやるんだ！　いいかー！」

「はいっ！」

護衛艦『あそ』の調理員と、サポーターたちは肩を寄せ合い、円陣を組んだ。

「どこよりも旨いカレーをつくるのは――」

「『あそ』！」

「今年の優勝は！」

「『あそ』！　おおーっ！」

護衛艦『あそ』以外のブースからも、戦いに挑む調理員たちが、腹の底からあげる唸り声が聞こえる。

火にかけられた鍋の底からはパチパチと火花が飛び散り、調理員のプライドを賭けたバトルが繰り広げられようとしているのだ。

呉海自カレーグランプリとは、全乗員のプライドを背負った調理員が集結し、艦と艦とがぶつかり合う戦いなのだ。

一方、護衛艦『しまなみ』のブースでは、大熊率いる調理員が、額にじっとりと汗を浮かべながら、イベント開始に向けた準備をしていた。

「あつい……。トッチさん、暑いですよ……」

知美はパイプ椅子にダラリと座り、半分白目を剝いている。向かい合って座る野々宮が、致し方ないという表情をし、団扇で知美を扇いでいた。

利信は炊き上がった炊飯器の蓋を開け、蒸気をムンムンと浴び、知美の方へ顔を向けた。

「まだはじまってもないのに、どうしたんだよ。熱いのはこっちの台詞だよ」

「知美、昨日家で何杯晩酌したんだ？」

団扇をパタパタと扇いでいた野々宮の手が止まった。

「発泡酒を六缶……」

「ロング缶じゃないだろうな」

野々宮が目を細めると、知美は隠すように両手で顔を覆った。

「うっ……」

「三リッターも飲む馬鹿がいるか！」

野々宮は団扇で知美の頭を軽くはたき立ち上がると、テーブルの上にプラスティック容器やスプーンを並べはじめた。

「大熊さん、見てみろよ！」

大熊は鍋底にルウが焦げ付かないように、巨大な木べらを鍋の中で漕いでいる。頭にはタオルを巻き、大熊の上腕筋はいままで以上に太く、逞しく成長していた。

「おう。鍋底が焦げたら、ジ・エンドだからな」

「大熊さん、俺交代しますよ」

タオルを首に巻きなおした利信が、大熊に声を掛けた。

「ああ？　大丈夫だ。馬鹿知美にスポーツ飲料でも買って来てやれ」

そう言うと、大熊はポケットの中からジャラジャラと小銭を取り出した。

「大熊さん……すみません。私、自分で買ってきます……」

猫背になりながら大熊から小銭を受け取ると、知美は自販機の方へノロノロと歩き出した。

「あいつ、今日のグランプリに緊張して、昨日なかなか眠れなかったらしい。それで、寝酒を嗜《たしな》んでたら、嗜むどころじゃなくなって、ああなったんだって」

野々宮がそう言うと、話を聞いていた大熊がフッと笑みを漏らす。

「知美なりに、気い張ってたんですね」

「そうらしい」

すると、サポーターとして参加していた幹部の小橋が大熊に声を掛けた。

「さっき開会式が終わって、いよいよお客さん入ってきましたよ」

その声を聞き、利信はエプロンを結び直し、消毒薬を手に振りかけた。

「よしっ！　大熊さん！」

利信は、大熊の広くて厚い背中をドンと叩いた。

「いてっ！　なんだよ！」

「よろしくお願いしますっ！」

「ああっ！　よろしくな！」

大熊は太い腕を折り曲げると、親指を空へと向けた。


護衛艦『しまなみ』のブースの軒に掲げられたコク深い甘ったれ末っ子カレーというネーミングは好評のようで、ブースに来た若者たちは、看板の前でポーズをとっている。リアルタイムでSNSに投稿しているようだ。

野々宮は、高校生の頃コンビニでバイトをしていたそうで、接客に慣れている。カレーを渡すときは、左手を添えるようにと、ぎこちない利信に身振り手振り教えてやっていた。

やや甘口のカレーということもあり、子連れの客がチラホラと目につく。カレーを受け取った子供が「いただきます」と大熊に声をかけると、大熊はニコリと笑った。

大熊が調理員として初めて見せた、穏やかな横顔だった。妻を失ったことで、やり場のない感情に苛まれ、大熊は一時的に生きる目標を見失っていただけなのだ。

もし大熊の妻が生きていれば――。利信は、本当の大熊は心優しい性格なのだとわかっている。大熊の心に残ったままの深い傷を知る利信は、苦手だった大熊を、少しだけ尊敬できる気がした。

それに気づいた利信は、小さく、硬くなった心と神経が、穏やかにほぐれて行く気がした。

フフっと微笑みながら、白米を盛り付けているそのときだった。

「大熊さん！」

スポーツ飲料を手にしたまま、血相を変えた知美がブースに戻ってきた。

「なんだよ」

大熊は汗が目に入ったのか、両目を瞑り、面倒そうに返事をした。

『あそ』のカレー、チーズボールがトッピングされてる！」

「ええっ⁉」

三人全員が声をあげた。

「トッピングで客寄せかよ！」

野々宮は苛立ちからか、拳をギリギリと握っているのだった。

「これ、食べてみて下さい！」

「味で勝負しろってんだ！　チーズなんか使ったら、予算ギリギリじゃねえの？」

野々宮は悪態をつきながらも、知美が持ってきた『あそ』のカレーをひと口食べてみる。

「野々宮さん、どうなんですか⁉」

利信は次から次へと飯を盛り付けているものの、野々宮の反応が気になって仕方ない。

「……う、旨い」

野々宮の表情を見た知美が、ハアと大きくため息をついた。

時を同じくして、広報の八重と親しい後輩で潜水艦に勤務する陣野《じんの》剛史《つよし》のスマホに、その八重から、メッセージが届いた。今回の呉海自カレーグランプリの担当をしており、今日のイベントになるべく大人数でくるように、という何度目かの内容だった。

剛史は、離婚して現在独身な同期の土師《はぜ》隆寛《たかひろ》を誘い、イベントが開催される基地へと出向いた。

土師は剛史がグリップを握るスズキの隼《はやぶさ》のタンデムシートに跨がり、ヘルメットのベルトを締めている。

「剛史の乗ってる艦も、出店してるんだろ？」

「ああ、そうだよ。うちのカレー、旨いからなー」

「俺の艦は今回出店しねえんだよな。俺んとこも旨いのに」

「いや、絶対うちのカレーの方が旨い」

「そんなことない！　うちの方が旨い！」

「いや、土師の艦より、絶対うちの方が旨いから！」

剛史もヘルメットを被ると、思い切りグリップを捻った。

「お、おい！　ちょっと待てよ！」

バランスを崩した土師の上半身が、ぐらりと揺れた。

休日ということもあり、呉地方総監部内のグラウンドは大いに賑わっていた。

グランプリ開催を祝う横断幕や、旗があちらこちらに掲げられている。

剛史は、臨時パーキングスペースに愛車の隼を止めると、ヘルメットを脱いだ。

「土師、結構な人出だな」

「ああ、例年より賑わってる。限定何食ってなってたから、早く行かねえと売り切れるんじゃねえか？」

土師からヘルメットを受け取ると、素早くバイクの荷入れに押し込み、会場へと向かった。

「俺、なんか喉渇いたな」

土師はそう言いながら。自販機の前で佇んでいる。

「そんなのあとあと！　売り切れたらシャレにならねえだろ！　よそ見すんなよー」

「そうだな、早く行かねえと売り切れるかもしれねえな」

土師を横目に剛史は、イベント会場のアーチをくぐる。千円の参加料を支払うと、グランプリにエントリーしたすべての艦のカレー食べることができる。そして、投票用紙に記載された八隻の中から一隻を選び丸をする。用紙の真ん中の辺りには、調理員へのメッセージという欄があり、ひと言添えることができるのだ。

中に入ると、取材だろうか、呉新聞の腕章をつけた男性が、パチパチとカメラのシャッターを押している。

そのときだった。

「陣、久しぶりだな」

微かにタバコのにおいを漂わせる男が、剛史の肩をポンと叩いた。

「あ！　八重先輩！　お久しぶりです。お言葉どおり、同期の土師も連れてきました！」

剛史にとって八重は、以前同じ艦に乗っていたひと回り以上離れた先輩だが、まるで弟のように可愛がってくれた。

四十を過ぎた遅い結婚の末、夫婦の時間を大切にしたいからと艦を下り、陸上勤務となったのである。

「今回はこのイベント開催するのに、ホントに四苦八苦したんだから！　陣が同期と来てくれて、来客人数も増えてよかったよかった！」

制服姿の八重の腕には広報と書かれた腕章が嵌められている。

横にいた土師も、八重に一礼をした。

「陸上勤務で広報課に転属したって聞いてたんですけど、ドルフィンバッチがない八重さん、なんだかなあ……」

「なんだよ！」

八重は剛史にわざとらしく肩を当てる。

「変な感じですよ。あ！」

剛史は八重の肩にある階級章に目をやった。二本のV字型の上には、錨《いかり》のマークが入っている。

八重は海曹長《かいそうちょう》になっていた。

「八重さん！　昇任したんですか⁉」

「ああ、なにかと守るものが増えたからな」

「奥さんとはうまく行ってるんですか？　あの、こけしみたいだ、って言ってた人」

剛史と八重の話を、土師もフンフンと聞いている。

「ああ、今日遊びに来てるんだ。おーい！」

遠目で八重の姿を見ていた女性に声をかけると、向こうも気づき、手を挙げた。

八重の横にピタリと並ぶと、深々と頭を下げた。

「はじめまして、こんにちは」

「こちらが、俺の奥さん」

八重の妻は控えめな性格のようで、にこりと微笑み、頭を下げた。化粧は薄く、古風な柄ワンピースを着ている。

剛史は唇を引き締めて会釈をする。

「はじめまして、以前の艦でお世話になりました陣野剛史と申します」

よく見ると、お腹がぽっこりと突き出ているのがわかった。それに気づいた剛史は、八重へと視線を投げかける。

「そうなんだよ！　俺、ついに再来月、父ちゃんになるんだ」

「おめでとうございます！」

剛史と土師は、八重の妻に再度頭を下げた。

「お互い四十過ぎて親になるなんて思ってなかったからなあ」

「俺も、八重さんが父ちゃんなんて、信じられないですよ」

「なんだよ、それ」

八重はクスクスと笑いながら、剛史の額を小突いた。そして、剛史もまたハハハと笑った。潜水艦に乗っていた頃より、八重はずいぶん明るくなった。表情も声のトーンもだ。

そんな八重を、剛史はなんとなく羨ましくなり、またにっこりと笑った。

「お前も、結婚した彼女とうまく行ってんのか？」

「今月末までまだドイツにいます。来月帰国しても、俺は陸にいるとは限りませんけど」

剛史が苦笑いをすると、土師が背中を撫でる。離婚した土師に、慰められたような気持ちになり、剛史は照れ臭くなった。

「もう海自カレーは、召し上がられたんですか？」

土師が八重と、その妻に話しかけた。

「ああ、俺たちもう食ったよ」

「うちの艦、おいしかったですか？」

「陣の艦もおいしかったけど、調理員が変わったろ？　今年はかなりクオリティ高い護衛艦が二隻あった。陣、投票は、本心に忠実であるべきだからな。愚直たれ！　だぞ！」

今回のカレーグランプリの対外的な準備を進めてきた八重は、誇らしげに広報と書かれた腕章をパンっと叩いた。

「お前らも、早く食いに行けよ」

「はい！」

「じゃあ、またな」

八重はそう言い手を振ると、妻の荷物を抱え、人混みに消えて行った。

「ほらなー、艦を降りた人が、俺にはどうも幸せそうに見えるぜ」

土師が乾いた声で笑い、メイン会場へと向かって行く。すると、なにかを見つけ、指をさした。

「あ！　陣の艦見つけた！」

「ホントだ！　先輩！」

すると、剛史の見慣れた顔が手を振っている。剛史と同じ艦に乗る先輩がブースの前で呼び込みをしていた。

「お前ら、うちの艦に投票しろよ！　しなかったら許さねえからな！」

先輩にそう言われながら、陣と土師は、イベントで初めてのカレーを手にした。

「潜水系ブラックカレー、今回はかなりスパイスにこだわってな」

ネーミングのとおり、見た目はやや黒っぽく、ご飯は潜水艦に見立てて型取りされている。

「陣、どうだ？」

「旨い！　旨いです！　かなりスパイスが効いてて、辛めのカレーですね。土師、旨いよな？」

「ん、旨い。誰かがつくってくれた食事って、旨いんだよな」

食事をつくり待ってくれる人がいない、土師の本音だ。

「さすがは俺の艦ですね」

「陣の艦のカレー旨いな。先輩、このカレー、ちょっと黒くないですか？」

「うちはな、潜水艦の色とかけてるんだよ」

「なるほど、よくここまで黒くできるもんですね」

するとと、先輩は辺りをキョロキョロと見回し、小声で話しはじめた。

「……このカレーはな、黒煎りしたコーヒーとひじきをペーストしたものを入れてるんだよ。……言うなよ！」

そう言い残して、店番に戻る先輩を見送り、剛史たちは護衛艦『あそ』のブースへ向かった。『あそ』のカレーには、長蛇の列ができている。

「おお。土師、あれ見ろよ！　さすが、でかい艦は人気も注目度もちがうな」

「なんだよ、潜らない癖に、ヘリが停まるだけだろ？」

「まあな。うちの艦のカレーは最強だからな」

「とか言って、陣の艦は去年三位だったんだろ？」

「うるさいよ」

そう言いながら剛史は、『あそ』の列に並んだ。

「陣、あそこの『しまなみ』って艦、初めてエントリーしたんだって。俺、これ食ってみてえな」

「わかった、俺ここで並んでるから」

剛史は列に並んでいる間にスマホを取り出す。SNSアプリを立ち上げ、「#呉海自カレーグランプリ　#潜水艦」とタグを入力すると、ユーザーがアップロードした画像が現れた。

画面をスクロールすると、思わぬ反応が投稿されている。

「ええっ？」

——去年の方がコクがあっておいしかった
——潜水艦カレーはスパイスが効いているけど、後味が辛い
——今年は護衛艦が優勝かな？

匿名で投稿されるネット社会では、今年の陣の艦のカレーはどうやら不評のようだ。

「マジかよ……」

SNSを見ているうちに、剛史の順番が回ってきた。意気消沈気味に『あそ』のカレーを受け取ると、土師も『しまなみ』のカレーを片手に戻ってきた。

自販機で飲み物を買い、空いた椅子にタイミングよく座ることができた。席につくと、土師よりもひと足早く、剛史が『あそ』のカレーを口に運んだ。

「ん？　陣、どうよ？　やっぱさっき食ったお前の艦の方が旨いってか？」

「いや、この『あそ』のカレーの方が旨い」

「マジか。投票用紙どうするんだよー。ん？　このカレー旨い。お前の艦のより旨いぞ！　コク深い甘ったれなんとかカレーってだけあって、深みがあるな。陣も食ってみろよ」

「ああ」

剛史は士師が差し出した『しまなみ』のカレーにスプーンを突き刺した。

「うん。たしかに旨い……」

「この二隻、いい勝負だな。まだ他のカレーも食ってみねえとわかんないけど、俺は、このどっちかのカレーに投票するかな。お前はどうなんだよ」

剛史は、うーんと唸りながら、『しまなみ』と『あそ』のカレーを交互に頬張っている。

「陣、自衛官は品行方正でないといけないんだからな。自分に嘘ついて、投票するんじゃねえだろうな」

「ええっ！」

剛史は図星だというように、後頭部をガシガシと掻く。

「当たり前だろ!?　最も旨いカレーに投票すること、って書いてんだから、最も旨い方に。お前の艦のカレーより断然旨いだろー」

「しかし、俺にも立場ってもんがあるじゃねえか……」

剛史は苦笑いをし、困り果てた顔をした。

利信の腕時計は十二時半を回り、グラウンドは大勢の人で溢れかえっている。『しまなみ』の隣にある、掃海艇のブースでは、先ほどから調理員が血相を変えて右往左往していた。知美と顔見知りのウェーブの調理員がいるらしく、不思議に思った知美が様子を見に行った。

その掃海艇は、『しまなみ』と同じく今回が初出場となる。知美の偵察によると、どうやらカレーのルウが足りなくなったらしい。

その掃海艇は、五十名弱しか乗員がいない艦で、材料の配分を間違えたのだ。イベントには大勢の客が集まることから、普段調理している数倍以上のルウをつくらなければならない。

『しまなみ』の補給科では、毎日二百人分に近い量のカレーをつくっていたため、さほど誤差は出なかったのだが、人数の少ない掃海艇の調理員は、大人数分の食事を用意することに慣れていないことから、ルウの配分を間違えたのだった。

調理員たちの顔には苛立ちと、焦りの表情が広がっている。足りなくなったルウを補充するために、別の鍋の火力を最大にし、必死に材料を煮込んでいる。

ウェーブの調理員は目元を拭いながら、熱々に熱せられた釜の前で何度も鍋をかき混ぜている。

煙や熱さのせいではけっしてないことを、利信は気がついていた。急遽追加のルウを完成させたものの、煮込む時間が極端に短かったため、ルウにコクが生まれず、客足がパタッと途絶えた。

そして、しばらくすると、その艦のブースには「終了」と書かれたＡ４の紙が看板に貼り付けられていた。

「トッチさん、あれ――」

知美が利信のエプロンの裾を引っ張った。

調理員は帽子を脱ぎ、ふたつに折りたたむとポケットへとしまった。

「ルウが足りなくなって、もう終了したのか？」

利信は、教育隊時代に過酷な訓練に耐えられず、何人もの同期が職を辞していった過去を、思い出した。同じ志を持った者のみが味わうことができる、達成感さえも彼らと分かち合うことはなかった。訓練はたしかに辛いものだったが、同じ部屋で寝起きを共にした隊員が、荷物を纏めて基地を去るときは、もっと辛かった。

「折角ここまで頑張って来たのに、なんだか……辛いな」

「……はい」

彼らの苦労や努力がわかるからこそ、利信は、改めてこのグランプリの過酷さを痛感したのだ。

しんみりと立ち尽くす利信と知美の背後から、野々宮が不意に声を掛けた。

「おい！　見ろよ」

そう言ってブースの前を手で示す。そこには『しまなみ』のカレーを心待ちにする長蛇の列があった。みんな、期待の籠った笑顔を浮かべている。

「こんなにも俺たちのカレー楽しみにしてくれてる人がいるんだから、な？　元気出せ！」

「はい！」

護衛艦『しまなみ』のブースは、『あそ』に負けず劣らず列が途絶えることはない。ふと利信がグラウンドへ送った視線の先には、じいちゃんと一緒にあんちゃんがブースを探しているのが見えた。

「じいちゃんとあんちゃんだ！」

そう言うと、利信は両手で目いっぱい手を振った。じいちゃんとあんちゃんは利信に手を振って応えると、『しまなみ』列の一番最後尾へと並んだ。

「じいちゃん来てくれてよかったな」

野々宮がそう言うと、利信は嬉しそうにニコッと笑う。

「トッチの店は評判がええから、待たされよったわ」

と、しばらく列に並んでいたじいちゃんとあんちゃんはカレーを手にすると、利信に手を振り、ブースから遠ざかる。

利信は気になってふたりの姿を目で追っていると、遠目でも「旨い！」と微笑みながらカレーを食べている姿が見てとれた。

利信は嬉しくなり、口元が綻んだ。

しばらくすると今度は、友理恵が恵末、聡美、呉新聞の中谷を連れて、ブースを訪れてくれた。

「トッチー！　知美！」

恵末がニコニコしながら利信に手を振る。幼馴染だという知美とは手を取り合っている。

「いらっしゃいませ！　みなさん、来てくれたんですか！」

「もちろんよ」

友理恵にそう言われると、利信は妙に照れてしまい、顔をまっ赤に染めた。

「利信くん、こちら呉新聞の中谷さん」

「はじめまして。友理恵さんとお知り合いの方が出場されているとは。近々記事にしますんで、楽しみにしててください」

「ありがとうございます！」

利信は中谷に頭を下げると、次々とカレーを渡して行った。友理恵は素早くその場でカレーをひと口、口へ運んだ。

利信は真剣な眼差しで友理恵を見つめている。

「おいしい！　すごくおいしいわ！」

友理恵は利信にそう言い残すと、さっと次の人へ列を譲り、利信にガッツポーズをしてみせた。

「ああ、良かった……」

利信は満足した友理恵の仕草をみると、安堵のため息と共に、胸を撫で下ろした。

会場が賑わっていたせいもあり、挨拶くらいしか交わせなかったが、馴染みの顔が会場に現れると、利信の気分も高揚した。

そしてカレーを手にした人々から「おいしい」という言葉をかけて貰うたびに、利信たちの顔に笑顔が溢れた。

幹部の小橋は数名の同期をわざわざブースに呼び寄せ、カレーを食べさせてはドヤ顔をしていた。

『しまなみ』の乗員がやってきては、利信たちに声援を送る。

大熊の眉間には鍋の熱さから皺が寄っているものの、以前の彼の表情よりも柔和になりつつある。野々宮は照れる気持ちを得意のポーカーフェイスの裏側に隠しているが、調理室にいるときよりも、機敏に動き回っている。

知美はイベントのムードに誘われて、得意のウェーブスマイルを振りまいていた。

利信が『しまなみ』に転属し、利信は、初めて『しまなみ』の調理室に立ったときのことを思い浮かべると、一瞬、時間が止まった気がした。

偉そうな物腰の大熊は、怒りの沸点が低く、喧嘩っ早いところがある。ついてこいと言わんばかりに強引に牽引する癖はあるのだが、それはまるで亭主関白な父親のように思えるのだ。

皮肉めいたことばかり口にする野々宮は、プライドを守るために照れを隠し、突っ張っているときもある。先輩面するときもあるのだが、頼れる兄貴なような気もする。

そして、気さくで明るくパワフルな知美は、ウェーブだからという言い訳をけっしてしない。内に秘めた強い責任感で、何度も背中を押してくれた妹分だ。

調理室という厳格な上下関係に閉じ込められた気がしたのだが、ひとつの目標に向かおうとするとき、絆という強い繋がりが生まれ、いつしか自分にとって居心地のよい居場所になりつつある気がした。

まだ『家族』だとは言い切れない。でももう、薄らと見えない力で結ばれているのだった。

会場は来場者で溢れかえり、異様なまでの熱気に包まれていた。ステージではダンスイベントが行われており、軽快なサウンドが巨大なスピーカーを通して流れてくる。来場した人々も、リズムをとったり、手拍子をしたりと、あちらこちらから笑い声が聞こえて来た。

カレーだけでなく、市が協賛した出店や屋台にも人が集まっていた。海上自衛隊ファンと思しき人々も、一眼レフを片手にあちらこちらでシャッターを切っているのだ。

じょじょに日が暮れると、あちらこちらで完売の札が貼り出され、『しまなみ』のブースでもついに最後のひと皿が客に手渡された。大熊と知美が手早く片付けに取り掛かる。

投票用のボックスは回収され、事務局のテントでは集計がはじまるらしい。

野々宮はそちらの方へばかり、視線を送っている。

「野々宮さーん、余った容器は回収されるみたいなんで、纏めてしまいましょうよ」

知美は手を止めることなく、相変わらずテキパキと動いている。

「ああ、うん。さっきから結果が気になって仕方ねぇよ。大熊さんは、気にならないんですか？」

「気になるに決まってんだろ。お前ら、一所懸命やってくれたんだから」

「大熊さん……」

そのとき、利信はブースに向かってきた人影に気がついた。

「あ、艦長！」

「おお！　中願寺！　大熊に野々宮、知美。本当にお疲れ様！」

「ありがとうございます」

「全部のカレーを食べてみたんだがな、優勝間違いなし！　メダルはさておき、優勝旗！

さっきからな、こうやって優勝旗を振る練習をしてるんだよ。こうやってな――」

そう言うと、艦長は腕をブンブンと振り回した。利信たちは顔を見合わせて苦笑いをした。

そして、辺りが夕陽でまっ赤に染まる頃、総監から閉会の挨拶が述べられた。ついに、呉海自カレーグランプリの幕は下ろされ、いよいよ開票結果が発表される。

「よし！　ついにこのときが来たぞ！」

グランプリに出場した調理員たちは、グラウンドに設置された舞台の周辺へと集まって来た。艦長は握り拳をつくり、口を堅く閉じている。

「それでは結果発表です――」

会場にいる各艦の乗員たちは指を組み、固唾《かたず》を飲んで見守っている。司会もマイクを携えたまま、勿体《もったい》ぶって会場を見渡している。

「ああ、もうやばい、心臓が持たねぇ……」

「野々宮、お前はノミの心臓か？　私は優勝旗を振るためにここにおるんだ。優勝旗――」

司会者が総監に、開票結果が書かれたカードを渡した。総監がマイクの前に立つと、会場一帯は静寂に包まれる。

「それでは、グランプリを発表致します」

知美は指を組み、目を閉じている。

「第三回、呉海自カレーグランプリ――」

利信の心臓はドクドクと脈打ち、緊張で頭の中がまっ白になりそうだった。

そして、総監の口元がマイクに近づいた。

「第三位は潜水艦『あきしお』、潜水系ブラックカレー！」

あちらこちらから拍手と歓声が沸き上がる。入賞したサブマリナーである調理員の代表が、ブースから中央の演壇に駆けあがり、賞状を受け取ると、総監から首にメダルを掛けられ、三位の表彰台にあがった。

「おめでとう！」

メダルを掛けられた調理員は、嬉しそうにメダルを見つめている。

「ああ、三位じゃなかった……。二位？　優勝？　それとも圏外⁉　トッチさん！　緊張するよー！」

「知美、俺だって緊張するよ！　ねえ野々宮さん？」

野々宮は大熊の横で、大熊と同じように腕を組んでいる。

「いま、この場で緊張してない奴は誰もいねえよ……ほら――」

そう言う野々宮が指さした先には、『しまなみ』の艦長が祈るように両手を合わせ、目を閉じたままひたすらなにかを口にしているのだ。

「野々宮さん、艦長、どうしたんですか？　呪文？」

「呪文かお経かなにかわかんねえけど、さっきからずっとあんな感じ」

「では、続いて第二位の発表です」

大熊の体が微かに揺れた。

「第二位は――」

一瞬、総監が『しまなみ』の艦長の方を見たのを利信は見逃さなかった。

「あ、もしかして――」

「護衛艦『しまなみ』、コク深い甘ったれ末っ子カレー！」

その瞬間、大熊の巨体からはだらんと力が抜け、口を開けたままポカンとした顔になり、知美は二位に入賞した嬉しさから、表情がパッと明るくなった。

小橋は帽子を脱ぎ、照れからくしゃくしゃと髪をさすり、その横で腕を組んでいる艦長は、悔しいのか短い足で地面をダンダンと踏んでいた。

野々宮と利信は、優勝じゃない悔しさ、皆の期待に応えられなかった無念さがじわじわと込み上げてきたせいで、なにも言えず、呆然とその場に立ち尽くすだけだった。

総監がメダルを手にしたとき、大熊が我に返り、表彰台の前へと立つ。利信たちも慌てて大熊に近づいた。

「おめでとう！」

「ありがとうございます！」

大熊は、なんとか感謝の意を述べ、利信と野々宮は冷ややかな表情をしている。知美は少し寂しそうな顔をしているが、手を叩き、自分たちの結果を褒め称えているようだ。

調理員の代表として、大熊が総監からメダルを掛けられた。総監から言われた「おめでとう」の言葉に大熊はグッと唇を噛み、差し出された総監の手を両手でグッと握る。

大熊は、首に掛けられた銀メダルに触れると、ため息をつきながら、フッと微笑んだ。

艦長が両手を挙げ、パチパチと拍手を送ると、野々宮と利信、そして知美は同じように大きな拍手を送った。

「俺たち、負けたのか……」

大熊がぽつんと呟くと、利信はぼんやりしたまま数度頷いた。

「そして、グランプリは、護衛艦『あそ』、天下無双王道カレー！」

『あそ』の乗員は大きな歓声をあげ、銀野は筋が浮かびあがった腕を空高く挙げガッツポーズを決めた。

「おおーっ!!」

「優勝者には優勝旗と賞状が贈られ――」

司会者がなにを言おうと、利信の耳には入って来ない。

『あそ』の乗員たちが、用意されたブースに一礼して入場した際に、利信は気がついていたのだ。会場での態度や意気込み、思い返せば、開会前にブースで初めて彼らを見たとき、すでに、『あそ』に打ち負かされていた気がする。調理に対するまっ直ぐな姿勢は、『しまなみ』よりもはるかに勝っていたのだ。

調理員ならば、おいしいと言わせたい、優勝旗を手にしたい、そんなエゴにも似たプライドがガシャンと音を立てて壊れた気がした。

利信は、少し時間を無駄にした気がしたのだ。

結果発表が終わり、表彰台から下りてくる大熊の元に、利信たちは言葉なく近づいた。

カメラのストロボがバチバチと光る。

そのときだった。

「せーの、おつかれさまー！」

声の方へと利信たちが振り返ると、そこには『しまなみ』の乗員が数十名集まっていたのだ。

「入賞おめでとう！」

「二位ってすごいよ！」

「あのカレー、今度は艦でタダで食べられるんだろ？　超楽しみだぜ！」

「毎週食べると飽きるけど、二週に一回は食べさせてくれよ」

乗員から温かい言葉をかけられ、背中を叩かれると、利信の涙腺が緩みそうになる。

「みなさん……あんなにお世話になったのに……、優勝できなくてごめんなさい……。本当にごめんなさい」

野々宮も鼻をすすった。

「なんでトッチが悪いんだよ。いつもそうやって自分で背負い込んで……、お前は本当に、いい奴すぎて――」

感極まった野々宮が言葉に詰まると、大熊は無言で野々宮の肩を抱いた。

「トッチさんー！　悔しいよ！」

知美がまるで子供のようにうわーんと泣き出すと、同じ艦の先輩のウェーブがそっと抱きしめて、頭を撫でた。すると、よりいっそう、知美の泣き声は大きくなった。

艦長は納得するように頷き、よくやった、と調理員を激励した。

「艦長、ありがとうございます……。すいません……」

もういい、と宥めるように、艦長は下げられたままの利信の頭を撫でた。

そのときだった。

「トッチ！」

利信は、聞き慣れたしわがれ声の方へ視線をやる。

「じいちゃん……」

小走りで近寄ってくるじいちゃんの姿が見えた。じいちゃんの顔を見た途端、利信の瞳からは、堪えていた涙が流れ落ちる。

「俺、ダメだった……優勝できんかったけん……」

優勝できなかった悔しさが、後悔と共に沸々と湧き上がってくる。恥ずかしい男泣きを見られるのが嫌で必死に目元を拭うが、利信の意に反し、涙は止めどなく溢れてくるのだった。

するとじいちゃんが背中をバチンと叩いた。

「なにを言うんじゃ！　ようがんばった！　トッチはようがんばったよ！　どがいなことしたらおいしいカレーになるか、よう考えよったけ。ほんまにあのカレーは旨かった！　ワシの中じゃなあ、『しまなみ』カレーが一等賞じゃ！」

じいちゃんが人差し指を立てたとき、あんちゃんの姿が見えた。

「あんちゃん……」

また、利信の顔が溢れ出る涙と嗚咽《おえつ》で歪んだ。

「そうじゃ！　一等賞じゃ！　飯の炊き加減もちょうどええ塩梅やった。ようがんばったよ。まあな、ありゃお多福のカレーより旨かったかもわからん」

そう言うと、じいちゃんとあんちゃんは目を合わせ、がははと笑った。

「じいちゃん、あんちゃん……」

「いまの悔しい気持ち、忘れたらあかんのう。悔しい気持ちがな、男の器をでかくするんじゃ。ほいじゃけ、トッチは昨日よりも大きい男になったんじゃ」

「うん……」

じいちゃんとあんちゃんから労いの言葉を掛けられると、涙目の利信からもようやく笑みがこぼれた。

そして、メイン会場のボードには出場した艦ごとに分けられた、投票用紙が公開された。それに気づいた知美が結果を見ようと、ボードに駆け寄る。利信もあとを追うように、知美に続いた。

すると、腕を組みながら、投票用紙が貼り付けられたボードに優しい視線を送っている小橋が立っていた。惜しくも二位だけあって、『しまなみ』のボードには無数の投票用紙が貼られていた。

「すごい数だよな……」

小橋が一面の投票用紙を前に感極まるような声を上げる。つられるように利信と聡美も端から投票用紙のコメントに目を走らせた。その中のひとつに利信の目が留まる。

「悔しいけれど、『しまなみ』のカレーが一番おいしかったです。来年も食べに来ます。T・J」

「この人の中では、俺たちの艦のカレーが一番だったんだな。こんな嬉しいこと、ないぜ？」

小橋がそう言うと、知美も目を擦り、コクリと頷いた。

利信はブースに戻り、最終的な後片付けをしているときだった。

「おめでとう！　トッチ！」

「恵未さん！」

泣いたあとだと悟られないように、利信は涙を拭い、鼻をすすった。

「トッチ！　やるじゃん！　友理恵さん、こっち！　こっち！」

遅れて友理恵もやってくる。

「利信くん、おめでとう」

友理恵や恵未にいくら祝福されようが、優勝すると大見得を切った利信なだけに、少し照れくさかった。

「おめでとうじゃないっすよ！」

「二位なんてすごいじゃない！　すごいよ！　健闘したね！」

恵末にそう褒められてもなお、利信は不服そうだった。

「俺、優勝するって言ったのに……」

「よく頑張ったんだから、自分のこともっともっと褒めてあげてよ」

「……うん」

「恵末さんたちは、どこの艦に入れたんですか？」

「私は――こういう大会は公平であるべきだから、『あそ』に一票」

「恵末さん！　それ酷い！」

恵末は目を細め、細い腕を腰に当てながら笑っている。

「冗談だよ。トッチの思いやりスパイスが入ってたから、全員『しまなみ』に入れたんだ。私は、トッチのカレーおいしかったたし、コクがあって好きなカレーだよ！　マジで」

「恵末さん、ありがとう……」

ふたりと話しているところに、聡美も会話に加わった。

「トッチ、『しまなみ』のコク深い甘ったれ末っ子カレー、辛いのが苦手な私も食べられたし、おいしかったよ」

肉親だけでなく、利信を思う人々が数多くグランプリに駆けつけてくれたのに、納得のいく結果を残せず、不甲斐ない自分を曝《さら》すことしかできず、利信は申し訳ない気持ちになる。

「こんなにもみんな、わざわざ来てくれたのに……」

利信は唇をギリギリと嚙みしめた。

「なに言ってんの！　一所懸命レシピつくって、一所懸命頑張ったじゃない！」

恵未が利信の背中をバンバンと叩くと、ふと目の前を、横切る男の姿があった。

その男は一歩ずつ、確実に大熊に近づいている。

「あ――。銀野……」

大熊が銀野の姿に気づき、目を細めた。利信を含め、『しまなみ』の乗員にピリッとした緊張が走る。

大熊は腕を組み、斜にかまえた。下顎を突き出し、もはや一触即発の臨戦態勢である。

大股開きで大熊が銀野に一歩近づくと、慌てて利信が大熊の前へ飛び出る。

「大熊さん！」

目の前には呉新聞のキャップがいる。銀野は腰に手を当てたまま、大熊へと近づいてくる。

野々宮はあとずさりをし、知美はどうすればいいのかわからず、口をあんぐりと開けたままだ。

利信は、銀野と大熊の間に挟まれる格好となった。

銀野は意外な言葉を口にした。

「旨かったよ。『しまなみ』のカレー」

「えっ？」

驚いたのは、利信だった。下手したら、大熊に投げ飛ばされるか、銀野のフックを食らうだろうとビクビクしていただけに、利信は銀野の言葉にホッと胸を撫で下ろした。

「俺は、二年連続で優勝してるんだ。優勝の味の旨みを知ってるからこそ、負けられない。絶対勝つしか、俺に道はなかったんだ」

銀野もまた、己と艦のプライドを背負い、同じように尋常でないプレッシャーにじっと耐えていたのだった。

「正直、お前が俺と同じ土俵で戦えるなんて思ってなかったけどな」

そう捨て台詞を吐くと、銀野は『しまなみ』のブースをあとにした。

「あいつはそういうひと言が、余計なんだよ。あいつはいつも目の上のたんこぶみたいなヤツだった。でもかみさんが亡くなったとき、本気で心配してくれたのもあいつだった」

大熊が腕を組みながらしみじみと呟いている真横で、利信がハッとする。

「あ、そうだ！　友理恵さん！」

利信が友理恵をキョロキョロと探すと、友理恵は利信に「じゃあね」と言うかのようにヒラヒラと手を振り、クルリと背中を向けた。

「友理恵さん！」

大熊たちの雑言《ぞうごん》にかき消された利信の声に気づかず、友理恵の背中がみるみるうちに小さくなる。

「友理恵さん……！　待って！」

利信は人混みをかき分け、全速力で走った。

そして、友理恵に追いつくと、彼女の腕を摑んだ。

「友理恵さん、待って……」

友理恵は驚いて振り向くと、利信はハァハァと息を切らしている。

「友理恵さんにいっぱい力になって貰ったのに……、約束したのに……ごめんなさい」

利信は息があがり、言葉にならないでいる。

「ううん。本当によく頑張ったじゃない。二位だってすごいわよ。私、本当に嬉しくて、なんだか感動しちゃった」

友理恵は『しまなみ』が二位で入賞したことを、心の底から祝福しているのだ。それが、余計に悔しかった。

「ううん、俺、なんもできてない……。結局、なんも成長してない……」

慈悲深く優しい友理恵に、優勝旗を見せたかった。誇らしい自分の姿を見てほしかった。

友理恵を目の前に弱さを吐き出すと、乾いた筈の目元に、再びじんわりと涙が浮かぶ。

「そんなことないよ」

友理恵は利信の腕を軽くさすった。

「結局、優勝できなかったのに……」

「また来年よ。今日が終われば明日が来る。今年が終われば、来年が来るの。ひとつ終われば、ひとつはじまる。ただ、私たちはいまを生きてるだけなのよ」

そう言うと、友理恵はまたニコリと笑った。

「今回の結果も、けっして悪くはない。すべての金曜に、全身全霊を懸けたでしょ？」

利信はうつむき加減になる。

「全力投球したつもりだったんだけど……思い返せばどこかに甘えがあったのかもしれない、って……」

「あのときああすればよかったとか、それもまた正解とは限らないもの。だって、形になることとすべてが大切なことじゃないもの」

「え？」

利信は目元を拭い顔をあげた。

「形にならなくても、大切なことは沢山あるわよ」

「形にならない……大切なこと？」

「利信くんの行動や情熱が、この場の全員を動かしたの。『しまなみ』の乗員のみなさんのために、利信君ができることを考えたじゃない。そして、調理員の方々を動かす原動力になったじゃない」

「……うん」

後悔する思いはないわけではない。でも、みんなが本気になって全力投球をしたのだ。

「心を尽くして、それでも敵わなかったんだから、負けを受け入れよう。もっと自分自身を、愛《め》でてあげなよ?」

友理恵に言われて、利信はようやく納得したのだった。

「そうか」

「コンテストの順位は惜しくも二位だったけど、人の心を動かす、愛されたカレーなんだから。素敵じゃない?　ね?」

すると、呉港の沖の方からひゅうっと音を立て、一発の花火が上がった。夜空に大輪の華が咲くと、辺りからは、拍手と歓声があがる。

「まあ、綺麗」

「もう、夏が終わったな」

「これからはじまるのよ。日本の夏は長いんだから」

「はい!」

友理恵が利信の顔を覗き込むと、利信は友理恵に向かって敬礼した。

エピローグ

お盆前の土曜の夕方、友理恵はマルグリットをクローズした。庭先に咲いたマーガレットを庭のあちらこちらへ飾り、生前の祖母キミ子が座っていた窓際には、一番大きいフラワーベースが置かれ、その横にはキミ子が写った写真立てをいくつも置いた。

そして、呉新聞に載ったカレーグランプリの記事が、額縁に入れて飾られていた。記事の見出しには、「甘ったれなかった『しまなみ』カレー 悔しさと努力は一等賞」と書かれ、調理員たちが目元に手をやり、乗員が惜しみない拍手を送っているショットだった。

カウンターにはこれから訪れる人々を出迎えるように、大皿の上に盛り付けられたサラダとオードブルが並べられている。

キッチンでは、炊飯器から湯気があがり、友理恵が鍋を火にかけているときだった。

「友理恵さん、一番目のお客様が来たかもしれない」

そう言うと、恵末はエプロンで軽く手を拭きながら、入り口へと向かった。

「あらまー、こらエラいハイカラなお店じゃのう！」

あんちゃんとじいちゃんは、入ってくるなり、店の中をキョロキョロとしている。

「あんちゃん、これなんね？」

お目の高い恵末セレクトの雑貨コーナーで足を止めるじいちゃんが、まるでおのぼりさんのようで恥ずかしくなり、利信はじいちゃんの腕を引っ張って行こうとする。

「こちら、トッチのおじいちゃま?」

「恵末さん、じいちゃんたち、こういう舶来品は、あまりよく知らなくて……ごめんね」

「このべっぴんさん、恵末ちゃん言うん！　これ、あんたが見繕《みつくろ》うたんか?」

「はい！　これはマトリョーシカと言って、こうやって一番大きな人形を開けると……」

恵末は人形をパカッと開けると、中からひと回り小さな人形が出てきた。それを開けると、さらにひと回り小さな人形が出てくる。そうやって恵末が次々に人形を取り出して見せる。

「へぇ！　これ、なんでこんなぎょうさん人形がいるんじゃ?　一個でええじゃろ?」

あんちゃんがまぁまぁ、とじいちゃんを窘め、フロアへと向かった。

フロアでは農作業着のままで店に来た恵子が、聡美がラミネート加工したフリーペーパーの記事をまじまじと読んでいた。

「本当にまあ、立派になったねえ」

友理恵がコーヒーを淹れ、恵子が見つめる新聞へと視線を送る。

「花飾りのパンケーキの記事、思ったよりも大きかったんね。私、ちゃんと見てなかったわ。この写真、まあええ顔しとる。婆ちゃんが生きとったら、きっと喜んどったね」

友理恵はフロアへ下りて来ると、バケツに浸してあるマーガレットの束を取り出しては、卓上の花器へ活けていく。

これらはすべて、友理恵の手によってプランターとガーデンで育てられた花々だ。

そして、かつて祖母が座っていた窓側のカウンターの机の上には一番大きい花器を置いた。

マーガレットの花びらには、弾かれた水滴が滑り、窓から降り注ぐ太陽の光を浴びてキラキラと輝きはじめた。

「いまも恵子おばさんが遊びに来てくれて、おばあちゃん、きっと喜んでると思うわ」

キッチンとフロアを行き来する友理恵が、サイフォンで淹れたコーヒーを二杯、テーブルに置いた。

「こうやって新聞に取り上げて貰って、たくさんの人に喜んで貰えて、友理恵ちゃんも、よう頑張りよったねえ」

農作業で日に焼けた恵子が笑うと目尻に皺が寄るのだが、その皺が恵子の愛嬌を引き立てている。

「恵子おばさんが丹精こめてつくって下さるエディブルフラワーのおかげです」

友理恵はテーブルの上に手を添え、深々とお辞儀をした。

「もう、やめてえよ。私のおかげやないいんよ。友理恵ちゃんと恵末ちゃんがつくるパンケーキがおいしいいんよ。それにディナーの時間に来てる聡美ちゃん？　あの子がお花のパンケーキが食べたい言うたんがきっかけじゃけ」

「みんながつくってくださった、みんなのおかげ、じゃない？」

「友理恵さん、うまく纏めたなあ！」

恵未のアハハ、という笑い声が、店の隅々まで響き渡った。

そのとき、店のドアがカランと開く。

「ごめんあそばせ。あら、みなさまもうお集まりなのね」

「貴婦人！」

「姉ちゃん」

貴婦人は両手に大きな箱を抱え、肘でドアを開けた。利信と恵未が、慌ててドアを開けると、キッチンから友理恵も出てきた。

「貴婦人！　お元気そうでよかった」

「ありがとう。で、今日は海自の皆さんを労う会だということで――」

「これ！　もしかして――！」

恵未は両手を頬にやり、箱に大穴が開きそうなほどに、熱い視線を送っている。

「友理恵ちゃんと恵未ちゃんが大好きな、エーデルワイスのクリームパイ！」

貴婦人が箱を開けると、生クリームがいまにも動き出しそうに、綺麗な波をつくっている。

「すごーい！　貴婦人！　ありがとうございます！　なんてお礼を言えばいいのか――」

「なに言ってるのよ。いつも友理恵ちゃんや恵未ちゃんにはお世話になってるんだから。それに、恵ちゃんにも。これくらいのことはさせて頂戴。ね？」

恵末は何等分に切り分けられるか、店にいる人数を必死に数えている。

「恵末さん、俺も勝手に頂いちゃっていいの？」

利信は自分も数にカウントされていることを申し訳ないと思っている。

「なによー！　水くさい！　一緒に食べよ！」

「ちょっとちょっと、利信君、恵末ちゃん、ケーキは食後よ」

友理恵がそう言うと、恵末はおどけてウインクをした。

「利信君の艦のカレーが二位だったんですってね？　すごいじゃない！」

「貴婦人、俺、友理恵さんに優勝するからって、約束したのに、果たせなくて……」

「トッチ、よく言うよー。だって、さんざん幹部とか他の隊員の人に侮辱されたカレーが二位だよ？　メダルとか優勝を目標にしたから、おいしいカレーをつくるってのが、通過点になったんじゃない？　友理恵トリックだよ。ねえ？　聡美ちゃん」

聡美がクスリと笑った。

「おいしいカレーを提供するっていう、幹部からのミッションはクリアしたね」

「それそれ！　聡美ちゃんの言うとおり！　呉のカレーグランプリじゃなくて、トッチはこれから、海上自衛隊すべてのカレーの頂上を制覇するかもしれないじゃない？　そう思えば、呉でのカレーグランプリは通過点になる、つまりはここだけでは終わらないってことか」

「恵末さん……ちょっとハードル高いって……」

「もともと、トッチは入賞するってことが目標だったんでしょ？　でも、友理恵さんと優勝するって目標立てたら、入賞は通過点になったじゃない？」

「じゃあ、日本一の海自カレーを目指せば、呉のカレーグランプリも通過点になって――いやいや――」

「トッチええか――」

じいちゃんは、首を大きく縦に振りながら、利信に近づいてくる。

「今回のグランプリで、いろんな人々に出会ったじゃろ。それは、神様の緻密な計算なんじゃや。食べてくれる誰かが、そばにおって支えてくれたじゃろ？　ほいで、食べてくれる人のために頑張ったんじゃけ、今年は銀メダルにしといて、来年も一回頑張りんさい、って神様が言うとるんじゃや。優勝して胡座《あぐら》かいたらいかん、言うことじゃや。人生の勉強なんじゃや」

そう言うと、じいちゃんは利信の背中を叩いた。

「はーい、サラダとオードブル運んで頂いてもいいかな？」

恵未は利信に声をかける。

「カレーはね、みんなが食べる平凡なものなのよ」

友理恵がそう言うと、マルグリットのテーブルには、今日だけ特別なカレーが並んだ。

「トッチ、グランプリのときから思うとったんじゃが、このベッピンさんたちは――」

テーブルに腰を下ろしたあんちゃんが、おもむろに口を開いた。

すると、友理恵が貴婦人に目配せをする。

「あんちゃん、ですか？」

友理恵は古いアルバムを持ってきた。数ページをパラパラと捲ると、あんちゃんは
「あっ！」と声をあげた。

「あんた、キミ子さんの……？」

「私、市之助の曾孫、キミ子の孫なんです」

友理恵がそう言うと、貴婦人と恵子があんちゃんの前の席に座った。

「私たち、キミ子の妹なんです」

「ええっ!?」

「キミ子が長女で、二番目、そして末っ子が恵子なんです」

そう貴婦人が説明すると、友理恵がそのあとを続けた。

「だから、このふたりは私の大叔母にあたります」

あんちゃんの驚く声に、じいちゃんの声も重なる。

友理恵はあんちゃんと目線を揃え、アルバムの写真を指さした。

「祖母が抱いているのが、私の父です」

「ああ、この人じゃ……。面影が残っとる……。幸せそうじゃの。ああ、幸せそうじゃ。

よかったよかった……」

あんちゃんは両目からポロポロと涙を流した。友理恵はエプロンからタオルを取り出す

と、優しくあんちゃんの目元を撫でた。

「あんちゃん……。友理恵さん、すみません。もう年で涙もろくて――。それに、今日は、こんなにもたくさん用意して下さって、本当にありがとうございます。お店までクローズすると思わなかったから――」

「たまにはこういうのもいいじゃない？　こちらこそ、祖母たちのことを思い出すきっかけをつくってくれてありがとう。きっと喜んでくれてると思う。本当に感謝してるわ。ありがとうね」

そう言って、友理恵が微笑みかけると、利信は肩をすくめ、頭を二、三度さすった。

人は皆弱く、脆《もろ》い生き物であるが、誰のためになにかができるとき、すべきことを知ったとき、人は団結し、絆でもっと強くなる。

そして人はきっと、必要なときに必要な人に必ず出会える、どこへ行っても。

無駄な経験など、なにひとつない。

マルグリットはそんな人の弱さを素直に表し、赦《ゆる》し合う場所。そして、会うべくして出会う者たちが集まる場所なのかもしれない。

あとがき

『ダイブ！　波乗りリストランテ』をお手に取って下さいました皆様、お読み頂き、本当にありがとうございました！

前作の『ダイブ！～潜水系《イルカ》公務員は謎だらけ～』の発売直後に、出版社から今作の刊行について、吉報を頂いたのですが、同時期に私の祖母がこの世の旅を終えました。あまりにも急過ぎる別れ、そして書籍となった前作を手にとって貰えなかった悔しさから、私は心の整理が付かず、前向きな返答ができませんでした。

初作の刊行はとても嬉しい出来事だったのにも関わらず、時期的に素直に喜ぶ事ができなかったのです。

生前の祖母は水墨画や油絵を描くのが好きでした。遺された祖母の手記には、而今《にこん》という二文字が書かれていたのです。「たった今、一瞬」を表す言葉だそうです。

祖母が遺した絵を見る度に、その二文字が浮かび「今、己がすべきこと」を知らしめられ、奮い立たされた気がしました。

そして多くの方々のご尽力のおかげで、再び著者として刊行の機会を頂戴することができました。精一杯努めたつもりではありますが、皆様のご期待に添える物語であったのか、今でも自問しています。一日でも長く、皆様のお手元に置いて頂ける物語を創作できるよう、今後とも努めて参ります。

いつも一番近くで応援してくれるかけがえのない家族、親戚、友達、そして温かいメッセージ下さる読者の方々、刊行にあたりご尽力下さいました関係者の方々、書店様、呉地方総監部の皆様、そして祖父の故郷である呉市の皆様には感謝の気持ちでいっぱいです。

改めてこの本をお手に取って下さった全ての皆様へ、心から感謝致します。お読み下さいまして、本当にありがとうございました。
皆様と再び、良きご縁を紡ぐことができますように。いつかまた、お会いできる日まで。

山本賀代

そして今は亡き祖父母よ、どうか安らかに。

◆謝辞◆

呉地方総監　池太郎様　総監部の皆様／財団法人呉海軍墓地顕彰保存会様／株式会社　三宅本店様／ゆめタウン呉様／エーデルワイス洋菓子店様／クレイトンベイホテル様／呉ポポロシアター様／KUSUMI YURIKO Cooking Salon・Kusumicook様／池田佳保里様（順不同）

　本書執筆にあたって海上自衛隊呉地方総監部、広島・呉市周辺のお店やホテル、施設などを取材させていただき、また多くの方にご尽力をいただきました。温かく迎え入れて下さいました皆様より、御恩をお借りしたままですが、これからも一所懸命努めて参ると共に、呉市のさらなるご発展と、皆様のご健勝を心よりお祈り申し上げます。

　そして、呉海軍墓地で安らかに眠る英霊へ鎮魂の祈りを込め、心から敬意を表します。

■参考文献

『続 艦船メカニズム図鑑』森恒英（グランプリ出版）
『日本のことばシリーズ34　広島県のことば』平山輝男（明治書院）
『日本発見・港町』坪田五雄（暁教育図書）
『終戦の悲劇』早川達二（研秀出版）
『いちばんくわしいスパイス便利帳』小穴康二（世界文化社）
『スパイスボックスのカレーレシピ』斗内暢明（マイナビ出版）

山本賀代先生へのファンレターの宛先

〒101-0003　東京都千代田区一ツ橋2-6-3　一ツ橋ビル2F
マイナビ出版　ファン文庫編集部
「山本賀代先生」係

ファン文庫

ダイブ！　波乗りリストランテ

2017年9月20日　初版第1刷発行

著　者	山本賀代
発行者	滝口直樹
編　集	田島孝二（株式会社マイナビ出版）
	鈴木洋名（株式会社パルプライド）
発行所	株式会社マイナビ出版
	〒101-0003　東京都千代田区一ツ橋2丁目6番3号　一ツ橋ビル2F TEL　0480-38-6872（注文専用ダイヤル） TEL　03-3556-2731（販売部） TEL　03-3556-2736（編集部） URL　http://book.mynavi.jp/

イラスト	げみ
装　幀	徳重甫＋ベイブリッジ・スタジオ
DTP	株式会社エストール
印刷・製本	図書印刷株式会社

●定価はカバーに記載してあります。●乱丁・落丁についてのお問い合わせは、
注文専用ダイヤル（0480-38-6872）、電子メール（sas@mynavi.jp）までお願いいたします。

ISBN978-4-8399-6448-1
Printed in Japan

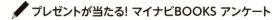

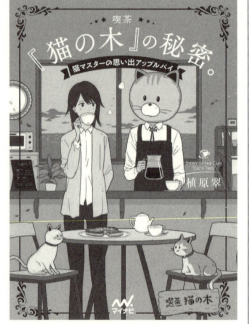